U0945976

青岛出版社
QINGDAO PUBLISHING HOUSE

图书在版编目（CIP）数据

吃鲜儿 董克平饮馔笔记 / 董克平著. -- 青岛 :青岛出版社, 2017.7
ISBN 978-7-5552-5837-7
Ⅰ. ①吃… Ⅱ. ①董… Ⅲ. ①随笔—作品集—中国—当代 Ⅳ. ①I267.1

中国版本图书馆CIP数据核字(2017)第186461号

书　　名　吃鲜儿 董克平饮馔笔记
著　　者　董克平
出版发行　青岛出版社（青岛市海尔路182号，266061）
本社网址　http://www.qdpub.com
邮购电话　13335059110　0532-68068026
责任编辑　刘海波　周鸿媛
特邀编辑　宋总业　张文静
装帧设计　魏　铭
插　　图　肖　白
印　　刷　北京盛通印刷股份有限公司
出版日期　2017年8月第1版　2017年8月第1次印刷
开　　本　32开（890mm × 1240mm）
印　　张　7.25
字　　数　150千
图　　数　12
印　　数　1~10000
书　　号　ISBN 978-7-5552-5837-7
定　　价　45.00元
编校质量、盗版监督服务电话：4006532017　0532-68068638
印刷厂服务电话：010-52249888

作者简介

董克平，毕业于北京大学哲学系。美食评论家，一大口美食榜创始人，APEC 北京领导人会议首脑宴会专家顾问，《舌尖上的中国》美食顾问，《中国味道》总顾问、总策划，摩根斯坦利中国峰会宴会召集人，法国 La Liste 世界千家最佳餐厅终审评委。著有《吃货》《吃货 2》《口头馋》《食趣儿》《La Liste 中国杰出餐厅指南》等美食文集。

关注作者公众微信号
“董克平饮馔笔记”

序

我认识的董老师

□ 陈晓卿

现在的电视屏幕上，美食节目越来越多，而且它们几乎是各家电视台提升收视率的法宝。尤其节假日，不管你怎么切换，总会有美食烹饪节目在你眼前打转儿。这一类节目里，不管是央视还是北京台、云南台、山东台，总会有一张熟脸，穿着秀水街中式对襟儿，戴着潘家园宽边眼镜儿，口灿莲花，评论吃喝，这就是美食评论家董克平老师。

克平是我的好友和兄长。在美食评论圈里，董老师最为大家称道的是他的勤奋，几乎每年，他都有新书问世，而且都是洋洋洒洒几十万字，这源于他平时集腋成裘的不断积累。每次和董老师吃饭，就数他忙，又是拍照，又是刨根问底记笔记。每天不管吃了什么，喝没喝酒，多晚休息，他都会图文并茂地写一篇两千字左右的日记。

董老师的日记看上去写的是吃喝流水账，但这些文字兼具了雷锋日记和鲁迅日记的功能。说它像雷锋日记，是因为这些文字批评很谨慎，但赞扬不遗余力，基本上都是正能量，用董老师自己的话说，他一直有一种使命感，意欲为当代中国烹饪承继传统、不断创新做文字见证。说它像鲁迅日记，是因为每天行踪事无巨细，天气、路途、交际等都跃然纸上。要知道，这些文字，都是他用手机一字一句敲出来的，得费多大劲儿啊？

董老师不仅仅是手头勤奋，作为不从属任何单位的自媒体人，他每天的日程都是满满当当，而且大部分时间是在路途之上，鲜有停歇。经常看到他的朋友圈发的都在机场候机厅，例行吐槽我国不怎么准点的航空事业。据说每年他的航行里程都是以几十万公里计，所以坊间流传董老师两个段子：一个是董老师闺女董小珠在美国留学，除了寒暑假回家，有时候甚至还会回来过周末！！！过分吗？但珠珠的解释也很无奈："不然的话，我爸的航程积分真心兑换不完啊。"另一个段子是，有人到董老师家拜访，董老师太太出来开门，很和善地跟对方说："找董克平啊，哟，他搬家了……搬走两年了，您不知道吗？……他啊，现在他住 T3 航站楼。"

早年，董克平在大学里学的是哲学专业，高深得不行不行的。三十年前他从北大校园离开的时候，面临着职业的选择，当时国家是多么需要专业人才做学术研究啊，但董克平一心想做教师。学校很为难，因为董老师天生一副烟酒嗓，滋滋啦啦的，像锅铲刮了锅底。系里的老师便找他谈话："您这个声音条件啊，当教师不一定是最好选择，您再想想，比如说评书，单田芳风格那种的？或者玩音乐，比如爵士，Armstrong style……"你看看，北大老师就是有水平，我第一次听路易斯·阿姆斯特朗的歌，What A Wonderful World！当时立马觉得，怎么单田芳改唱歌了呢，还是英文歌？

遵从师命，毕业后的董老师真的混过一段时间音乐圈，至今，他仍然和北京摇滚界的老炮儿们称兄道弟。但命运就是这么有戏剧性，后来董老师去广州混世界，不仅收获了爱情，同时也知道了这世界上有那么多好吃的，于是在美食领域一直呆了下去。然而几年的未名湖畔生活对他的影响一直都在。就像北大哲学系的门卫喜欢问人"你是谁，你从哪里来，你到哪里去"一样，董老师的美食评论里总是充满了吃什么，去哪吃，以及和谁吃。最终，他成为了"北大毕业生里面最懂吃的人"（徐小平语）。

不过董老师从来都很低调，他甚至不承认自己是美食家，而说自己是个美食工作者。按说北京长大的孩子，格局都很大的，一不小心就会目空一切，但董老师一向谦和。比如董爸爸在中戏工作，董老师的青春期发育，是在锣鼓巷那个高颜值校园，伴随着明星姐姐的莺声燕语完成的；再比如他从小住在景山旁边的四合院，推门就能看见紫禁城角楼……要搁别人，这些经历拿来炫耀在所难免，然而在董克平的文章里，它跟从来不曾存在一样。即便在饭桌上，有人问董老师家住哪里，他都毫不犹豫地回答：T3 航站楼啊。

如果让我自己说董克平最让人佩服的地方，应该是他超级强大的交际能力。他人缘太好了，而且有天赋异禀的无敌记忆力。在餐饮界，如果说认识餐饮经营者和厨师的数量，我没见过能超过董老师的。尤其是大厨，他能记住每一个厨师的职务、师承、代表菜，以及长相、身高、生辰、星座和特殊爱好……这方面的能力，董老师可以说在美食圈里无人能出其右。

有一次，董老师带我去参加一个厨师大赛，一百多人，全穿制服，全带高帽子，说实话我有点儿怵。董老师一进会场，立刻变成一只交际花蝴蝶，上下翻飞，一个人一个人地拉着手寒暄，“门店生意有起色了吧？”“供应商换了没有？”“老人身体没问题吧？”“孩子择校不能马虎。”“还跟那个谁好吧？”“上回给你的药好使吗？”……每人唠的都是不同的嗑。我一脸懵相，垂手站在一边，看着他面部变幻着不同的表情包，心说：你混了美食圈，可真是我国居委会界的一大损失啊！

董老师是真心对人好，他强大的社交能力曾经也给我带来过好处。

七年前，那时刚拍《舌尖上的中国》，没有人知道我们是谁，更没有人知道纪录片是干嘛的。节目的主体部分完成拍摄，进入后期编辑，为了讨好爱吃的观众，一部分菜肴的美食呈现部分要集中精细补拍。我和餐厅不熟，只好向董老师求救，必须说明的是，其实我们当时相识不过一年多的时间。没成想董老师爽快地一口答应，而且到组里来和我商量计划，最后绝大多数餐厅是董老师一手安排的。十七天，每天两家餐厅，真没少添麻烦。所以我总说，《舌尖》最终面世，汇聚了非常多机缘巧合的因素，而董克平，也正是这部纪录片诞生的助产士之一。对此，我一直心存感念，心存敬意。

今年，蜜蜂一样勤劳的董老师又要出版一本新书，他希望让我写个序。按说，以他在烹饪方面的造诣，我完全没有资格担此任务。但想想当年还在电台工作的老董，一家一家帮我们磕餐厅的认真劲儿，我觉得有必要把心中的董老师写出来（也就是上面这些文字），如果总结起来，一共三句话：北大毕业生里最懂吃的人，餐饮评论界里最勤奋的人，美食圈里人缘最好的人。

目录

一＼吃鲜儿

2 吃鲜儿
5 河豚
9 说说小海鲜
12 夏天吃鳝鱼
15 铁锅炖鲩鱼，味道实在好
17 天冷了吃点羊肉吧
20 水蟑螂的味道不错
22 西兰花与下气通

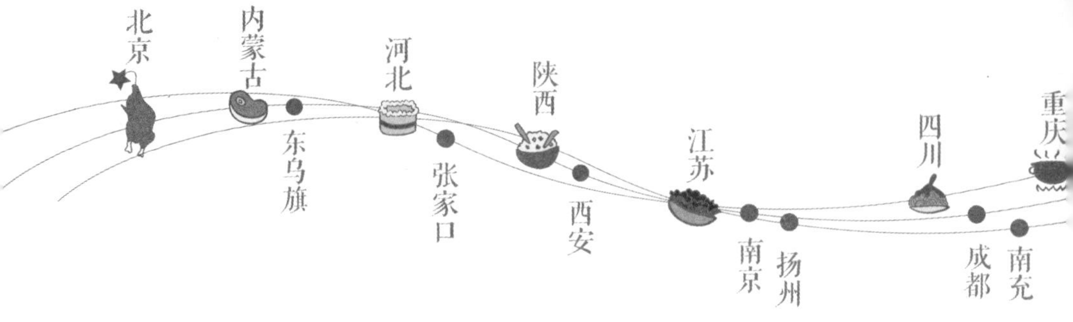

二＼行走的筷子

26　臭豆腐，馒头片

29　有爱的餐厅 Niajo

34　芭爱雅（Paella）本是一口锅

37　东乌旗的早餐

40　莜面的记忆

45　主食怎么那么多

50　侯新庆，江南灶

53　小馆子，好滋味

56　扬州盐水鹅

60　甜水面

63　火锅，成都与重庆

67　川北凉粉

72　李子坝梁山鸡

75　天龙阁的晚餐

79　吃了一碗牛肉粉

82　好山好水好食材的贵州

85　煲仔菜

云南
大理
贵州
贵阳
广东
广州
汕尾
日本
福冈
长崎
澳大利亚
墨尔本

88 锦和路边鸽

91 汕尾小吃——菜茶

95 上岸吃寿司

98 在日本吃的两顿饭

102 世界最长的长桌宴

105 香辣圣殿与天府酒楼

三 \ 食里乾坤

110 寒食节、庄子、介子推

113 角黍与粽子

118 节气美食——芒种到夏至

121 鱼生怎是舶来物

124 戏文中的饮食文化史

128 素油、荤油

132 辣椒与哥伦布

137 从鱼露到番茄酱——从东方到西方

四 \ 有感而发

142　美食感悟的特立独行

145　厨师也是艺术家

148　《上菜（第三季）》与爆款菜

152　鸡髓笋与红楼菜

155　去《天天饮食》做几个菜

159　菜系的形成

163　餐饮还是要走出去

166　地方风味走出去

170　接地气不是饮食的全部

174　私房菜？私家菜？

178　做什么样的“小而美”

181　练好内功再申遗——对中餐申遗的一点议论

186　对潮汕菜的一点看法

190　由腊肉想起客家人与潮州人

193　川菜记忆二十年

197　鱼香肉丝的味道

201　早餐记忆

206　野味还是不吃好

209　参加 La Liste 全球最佳餐厅榜单发布有感

218　说说年度美食人物榜

一 吃鲜儿

吃鲜儿

每年春天的时候，我都要去江南转上几天，在我的印象里，那里是中国四季变化最明显的区域之一。春天的江南，不仅草长莺飞、春花烂漫，更有很多时令美味等待着人的到来。譬如扬州，食材的季节特性在扬州的饮食里有明显的节奏。正月立春的时候，河水落了，河边滩涂里的河蚌这个时候最是美味；春水慢慢地涨起来，柳树绿了桃花红了的时候，扬州人开始吃螺蛳了；吃着吃着，就过了清明，大一点的螺蛳会有蚂蟥了，扬州人又开始期待春末夏初上市的小龙虾了……季节在扬州人的咀嚼中往复循环着，这一季季的鲜味也就在扬州人的味蕾上流转传承着……

坐船过江往东走，苏州就在不远处。沈宏非先生写苏州时，因为苏州人对吃的讲究，对时令的极致要求，干脆就把苏州改成了“酥州”，文章也就有了“苏州原本是酥州”

这样性感妖娆的题目。时令吃食、季节食材，在苏州人的餐桌上有着明确的表现："元旦你要大闸蟹，春节你要刀鱼，清明你寻白鱼，'五一'你点鲃鱼，'十一'你问鳜鱼——无论是在苏州的饭店还是菜场，这些要求都将无一例外地遭到白眼。念你是游客，也就罢了，如果是苏州本地人，说不定会在电光火石之间即被鉴定为'脑残'，或直接押送精神病院。"（引自沈宏非《苏州原本是酥州》）

苏州的诗人、美食家车前子这样写道："苏帮菜是极其讲究时令的，春雨绵绵，吃'碧螺虾仁'；夏木阴阴，吃'响油鳝糊'；秋风阵阵，吃'雪花蟹斗'；冬雪皑皑，吃……我就在自己家窗口喝一壶热乎乎的黄酒，不出门了。"在苏州，鲜肉月饼执拗地只在中秋前后发售，不像上海那样，一年四季无休。至于甲鱼，苏州人只吃春节的"菜花甲鱼"，过了春天的甲鱼，即成"蚊子甲鱼"，也不是不能吃，但最好关起门来偷吃，千万别让熟人撞破。应时则贵，失时则贱，直到今天，苏州人依然这样在餐桌上坚持着当令则食的传统。

古代先贤讲：不时不食。说的是要吃应时应季的蔬果。时鲜是中华美食的精髓，因此孔子"不时不食"的观点得到广泛认可。古人讲究天人合一，春天，大自然有什么物产，那就吃什么，其他季节也是如此。古人认为，在某个季节，大自然所给予的，就是人所缺乏、需要补充的。但过去十几年，国内餐饮界有点跑偏了，片面追求食材的稀有性。大家关心的是，我吃到了什么东西，越是吃不到的，觉得越高级。实际上，菜品最好用当季的时令原料，这样的出品才能和季节的变化相契合，才符合“不时不食”的古训，同时也符合现代健康饮食理念。例如，我们常见的春困现象就可以通过饮食调整得到改善，而饮食调整的关键，就是要多吃当季时令的食材。医学研究证明，春困和人体蛋白质缺少、维生素摄入不足有关。消除春困的饮食措施就是在春天多吃一些富含蛋白质的食物，如鱼、鸡肉、鸡蛋、牛奶、豆制品、花生等，以保证人体对优质蛋白质的需要；蔬菜最好选择当地当季的时鲜菜蔬，菠菜、韭菜、香椿、荠菜等都是这个季节时鲜之物，不仅清鲜美味，还含有丰富的矿物质和纤维素，是春季菜蔬中的首选。

人是自然界的有机组成部分，人类的活动暗合着自然界内在的规律，季节的时鲜就是自然界对人类最好的供奉。敬畏自然，感恩自然的馈赠，遵循先贤“不时不食”的训诫，大概就是我们今天对自己的珍惜与尊重了。

河豚

每年的清明前后,镇江扬中那个地方都会聚集很多人。扬中是个小地方,在中国地图上很难找到,因为它属于镇江,是长江中的一个小岛，海拔只有四米，比长江的水面还要低些。长江到了下游有个名字叫扬子江，扬中因在江中，所以得名。

扬中是个小岛，没有什么景致好看，人们去扬中是为了吃河豚。这东西有剧毒，但是人们爱吃，特别是长江下游两岸的人们，尤其追捧河豚的美味。有一年去扬州，朋友邀我吃河豚，去的就是扬中。本来江阴、泰州一带河豚做得也不错，但是人们还是愿意去扬中。扬中是长江第二大岛，为长江冲积平原的一部分，江水环抱，土地肥沃，水资源十分丰富，河豚、刀鱼、鮰鱼名闻遐迩。扬中人烹饪河豚的方法独特，食用安全，代代相传，加之春天正是扬中盛产竹笋、秧草之时，用竹笋、秧草烧河豚，更是将河豚的美味发挥到了极致，其他地方无法比拟，因此，扬中是目前国内最大的特种江鲜消费市场。每到春江水暖时，扬中宾客如云，慕名而来的佳朋好友数以万计，成为扬中一道独特的风景线。

河豚是洄游的鱼类，每年清明前后从大海洄游到长江中下游，这个时候的河豚最为鲜美。但是由于工业化进程在长江下游地区的勃发，生态环境不可避免地遭到了破坏，野生河豚已经失去了先前的生存环境，越来越少，以至于能吃到野生河豚已成为国内老饕们炫耀的资本了。野生的少了，可是吃的人多了，供求关系的变化，让扬中人想到了人工饲养河豚。经过多年的努力，模仿野生环境饲养河豚在扬中取得了成功，这也和扬中独特的地理环境有关。引进长江水，营造类似自然的环境，因此扬中养殖的河豚虽然比不上野生的，但总算聊胜于无。其他地方人工饲养河豚的技术大概都是从扬中这里传过去的，追宗认祖，于是人们都来到扬中吃河豚。

扬中这个地方吃河豚大概有 2000 多年的历史了，这里在烹调河豚上大概有独特的心得，花样也比别的地方多一些。在扬中吃河豚的同时还能吃到其他的江鲜。有名的三鲜“鲥鱼、刀鱼、河豚”，除了鲥鱼已经绝迹外，刀鱼、河豚在扬中都能吃到。这也是人们去扬中的一个重要原因。

河豚美味，自古以来就是老饕们追逐的对象。文人骚客们写过不少和河豚有关的诗句文章，史书上对河豚的记载也是汗牛充栋。春秋时期，吃河豚在吴越之地已经形成风气，吴王夫差便是河豚的忠实拥趸；到了唐朝，河豚成了皇家、宫廷赏赐的佳品，唐玄宗时期的诗人苑咸在《为李林甫谢腊日赐药等状》中，记录了唐玄宗让人送河豚给宰相李林甫的故事。宋朝的食客们对河豚的美味有很高的评价，张师正在《倦游杂录》中说："每至暮春，柳花坠，此鱼大肥，江淮人以为时珍，更相赠遗。脔其肉，杂蒿蒿荻牙，瀹而为羹。或不甚熟，亦能害人，岁有被毒而死者，南人嗜之不已。"苏东坡更在品尝河豚后发出"值那一死"的赞叹……

河豚是宴席上的高档菜，其肉洁白如霜，滑腻似脂，滋味丰美，香鲜畅神，堪称水族一绝。有人将河豚汤比作西施乳，让人食欲顿生。但河豚做好后，主人不会夹给客人吃，而是告诉客人这是河豚，要不要吃由客人自己决定。这和传统待客的礼节很是不同，原因在于河豚有毒众所周知，要不要冒死吃河豚，是要看客人的勇气和美味的诱惑有多大了。客人吃时还有一个奇怪的规矩，伸筷子前会先摸出一毛钱，意思是，这鱼算自己买的，万一吃出事情，和主人无关。但是吃上一口，便会被河豚的美味吸引而一发不可收，这个时候大概已经忘记河豚有毒，或者追求的就是那份“拼死吃河豚”的刺激吧。

与其他传统菜肴相比，河豚烹制依旧是采用传统的方法，白汁、红烧、炖汤是常见的几种方式。但是今日之河豚已难见旧日河豚之美味，关键在于原料有了巨大的变化。过去，老饕们吃的野生河豚，每年从海里洄游到长江产卵繁衍后代。但由于环境的变化，今天野生河豚已难得一见，就算捕到，每斤价格也在万元上下。现在人们吃到的基本上是养殖的河豚，缺少了洄游这一环节，河豚未能受到海洋的洗礼，只在淡水环境里长大，滋味已无法和野生河豚相比了。野生河豚的活动范围大，活动量也大，其肉质比养殖河豚更加鲜嫩。不过从理论上讲，养殖河豚无毒，食用的安全性增加了许多。但正因为无毒，也降低了河豚的鲜美程度，可见河豚之美在其毒。这一点在日本吃河豚刺身时体会最明显：一片河豚鱼生入口，嘴唇有微微的麻意，神经中枢会发出兴奋的信号，会有“嗨”的感觉，如果你是个文学青年，这个时候估计是能想出美妙诗句的。

说说小海鲜

这一期的主题是小海鲜。自从 20 世纪 80 年代中后期粤菜“北伐”红遍大江南北，海鲜的概念便开始普及。大海里鲜活生物的美味，对大部分内陆人充满了诱惑。在菜品的推广方面，粤菜是全国人的师傅，一句“生猛海鲜”便把人们的胃口吊得高高的，从此海鲜开始流行，成为餐桌上的佳品。粤菜的流行依托的是当年粤港先进且强势的商业文化，改革开放到了今天，沿海地区的经济有了长足的进步，有了经济基础的支持，各地的餐饮也就走出当地，在一些重要城市开设了分店。

沿海地区都有海鲜出产，做法也五花八门，既然海鲜成为人们喜爱的食物，其他的省份及地区，自然不会让粤菜海鲜专美，纷纷把自己家乡的海鲜菜式推出来。不同于粤菜海鲜所推崇的龙虾、鲍鱼、东星斑、响螺等名贵海产品，

Level 7
517/800

其他地区的海鲜菜式采用的原材料多是虾、蚌、蛤等个头不大、价格不高的小海鲜，做法上家常简单，不用复杂的调味，追求海鲜本身的鲜美与嫩爽，这其中又以胶东海鲜、大连海鲜、东海海鲜最为有名。小海鲜因为价格亲民，采用大排档的经营模式，基本上可以满足人们对海鲜的向往与渴望，加上又是消夜喝啤酒的最佳拍档，于是在坊间迅速流行开来，丰富了餐饮的菜单。

小海鲜在北京流行已经有一些时间了，很受年轻人的喜爱。这些人均消费几十元就能吃饱喝足、美味多多的海鲜品种，做法不是家常烧就是焖炖，味道鲜咸居多。

北京有很多吃小海鲜的地方，很多经营胶东海鲜、大连海鲜的餐厅基本上都是以小海鲜为主，还有一些温州、福建风味的餐厅，也有当地做法的小海鲜供应。更多的人喜欢到批发市场去买小海鲜，回家自己烹制，其实也用不到什么高超的技巧，原料新鲜，随便用开水一烫，断生了就是一盘好菜。

夏天吃鳝鱼

出差到杭州，在奎元馆吃了一碗虾爆鳝面。奎元馆是杭州有名的老字号面馆，面条种类很多。虾爆鳝是一种比较高级的面条，可以过桥吃，就是浇头单独放在一个盘子里，一口面条一口菜地慢慢吃；也可以把浇头放到面里拌匀了一起吃。杭州的朋友说，这种面条好吃的关键在于选料和制作上的精益求精：爆鳝片一定用菜油，炒虾仁要用猪油，面条要点几滴香油；同时，黄鳝是吐尽泥沙才宰杀的，鱼肉炒菜，鱼骨熬汤；虾仁是现剥的河虾仁，鲜活弹牙；面粉用无锡产的头号面粉，面条人工擀制，碱性适中。完成了这几道工序，才可能有虾爆鳝的美味。

江苏淮安作为淮扬菜重要的发祥地之一，有很多经典菜式，“长鱼宴”就是其中之一。按照淮扬菜中“长鱼宴”的说法，小暑前后一个月的时间里，鳝鱼最为肥美，也最具滋补作用。中医的养生理论说，黄鳝性温味甘，具有补中益气、补肝脾、除风湿、强筋骨等作用。长鱼宴有 108 道菜式，主料都是鳝鱼（长鱼就是鳝鱼，因其体形称之为“长鱼”）。不过全部吃过的人并不多，因为很多菜式的配料太过复杂名贵，做起来比较麻烦，价格又贵，不是老百姓的吃食，一般的酒楼也没有售卖。大致见过、吃过的不过是那些常见的菜式：响油鳝糊、炝虎尾、烧鳝筒、软兜长鱼、生炒蝴蝶片、虾爆鳝、水煮鳝鱼、干煸鳝鱼等。

我吃鳝鱼只因为它的美妙滋味，基本上没有考虑过什么滋补作用。好吃的菜肴总是招人喜欢的，如果吃下去还能强身壮体，那就是一举两得的意外之喜了。不过对于鳝鱼，总有人说养殖的时候会使用许多药物保证产量，这样的话说了很多年，但是从来没有影响过我对鳝鱼菜式的热情。曾经就此话题问过几位淮扬菜大师，他们一致的回答那是“危言耸听”。在他们的经验里，没有见过只是听说过用药物饲养鳝鱼，于是我就放心地吃了。

在我体验过的鳝鱼菜肴中，有几道给我留下了比较深刻的印象：

川菜中有一道鲜毛豆烧鳝鱼的菜式，鳝鱼和毛豆烧在一起，在浓浓的汤汁里散发出诱人的香气。将汤汁浇在米饭上，顿时让米饭变得色彩缤纷，诱人食欲。

阳澄湖农家乐的蒜子烧鳝筒，是苏南的名菜，农家做得也很好。湖里产的鳝鱼，用着近便，自然新鲜。新鲜的食材，简单的烹调，鱼肉鲜嫩滑爽的特点在这道菜里有很好的体现。

鳝菇金粉是个汤菜，由鳝鱼丝、金针菇、红薯粉制成。汤是店家特制的，入口的感觉是鲜、香、麻、辣，口感丰富，回味悠长。自以为，要想体会川菜的美味，一定要学会体会麻的香，喜欢了，就能吃出一种“嗨”的感觉来。而这道鳝菇金粉真的让我吃“嗨”了。

软兜长鱼是淮扬菜长鱼宴中108式鳝鱼经典菜肴之一。选用笔杆粗细的鳝鱼活汆，汆后要用软布抹去鳝鱼身上的黏液，去掉土腥气；再入锅盖上盖儿离火略闷一会儿，以保证其软嫩；用竹扦剔骨，再用鸡汤煨一下，加蒜、醋、白胡椒粉调味。清甜爽口，软嫩鲜滑。

进了六月，天儿是一天比一天热了。苦夏难熬，天气热得让人没了胃口，可是天气再热也得吃呀。老祖宗要我们“不时不食”，那就找点夏天应季又有营养的吃食吧。在江南旅行时我们经常会听到一句俗谚：“小暑黄鳝赛人参”。夏天来了，来几条鳝鱼吃吃吧。

铁锅炖鲩鱼，味道实在好

离开顺德之前，猪肉婆在中山南头镇的家里招待我们吃一些土菜。猪肉婆说，没什么好东西，都是自家养的，餐厅里不卖，只是用来招待朋友。一条二十斤重的鲩鱼，一只一年多的青头鸭，放到铁锅里炖熟了，端上来就吃。吃得差不多了，放入一些生菜滚滚，用来下饭。

陈晓卿老师说，青菜在广东叫“餸”，就是下饭的意思，真是有学问啊！吃完鱼肉和鸭子后，再吃烫熟的生菜，真的是清甜滋味，叶子上沾惹了荤腥的汤汁，用来送饭极是美味。陈老师吃了三大碗生菜，打着饱嗝离开了饭桌。鱼肉好吃，鸭肉好吃，饭后的甜品姜撞奶也是这几天在顺德吃到的最好吃的奶制品。猪肉婆说，这是她为了招待我们特地找来顺德做姜撞奶最好的师傅做的，名师出手，果然不凡。一餐饭吃得大家兴高采烈，赞声不断。

真心感谢猪肉婆的热情款待，我们相识于三月的梅州潮汕寻味之旅，当时就能感觉到猪肉婆的真诚热情，此番再见，真诚依旧，热情翻番。至此，顺德之旅圆满结束，预祝《寻味顺德》收视飘红！

天冷了吃点羊肉吧

几阵北风过来，天气慢慢冷了下来。再过几天就是农历节气中的立冬了。虽然不喜欢寒冷天气，但节气还是告诉我们冬季就要开始了。冬季是进补的季节，天冷胃口好，也适合多吃点肉类食物。肉类食物中蛋白质含量高，热量足，寒冷天气里能给人们补充体能，抵抗低温对身体的侵袭。俗谚说：“冬季进补，春天打虎。”冬天吃好了，来年春天就能有个好身体、好状态了。

羊肉很适合冬季食用。羊是纯食草动物，所以较牛肉的肉质要细嫩，容易消化，高蛋白、低脂肪、含磷脂多，较猪肉的脂肪、胆固醇含量少，是御寒温补的美味之一，可收到进补和防寒的双重效果。按照传统养生理论来讲，羊肉有很好的补益作用，而且是温补，功效有如人参、黄芪。人参、黄芪补气，羊肉补形。草原上的朋友说，吃草的动物最补人，原因在于草的生命力最强，“野火烧不尽，春风吹又生”。这样的说法是否有理论支持尚需考证，不过冬天里吃完羊肉身上发热肚腹生暖，倒是每个吃过羊肉的人都能体会到的。

我年轻的时候是很能吃羊肉的，涮羊肉一次总是能吃两斤的，烧羊肉也能吃上一大盘子。不过一顿羊肉吃完后一天就可以不吃饭了。有一年在陕西游逛，每天早上吃上一大碗羊肉泡馍，中午那顿饭直接就省下了，晚上回酒店前再吃一顿饭就过了一天。向陕西的朋友求教，朋友读书时也有这样的经历，或是一大碗泡馍，或是两个夹了厚厚肉饼的馍馍，一下子就能顶一天了。看来羊肉是很能饱人的。

一家清真餐厅的朋友和我说过这样一番道理：在肉食品中，羊肉的折耗是最大的，一百斤的羊也就出二十多斤肉。回家后乱翻书，看到这样的一句俗语：“羊几贯，账难算，生折对半熟时半，百斤只剩二十斤，缩到后来只一段。”这就是说一百斤重的羊，最后能吃到嘴里的也就是二十多斤肉，四分之三强的分量在加工过程中损耗了。浓缩的都是精华，折耗多所含的养分也多，因此最能饱人。按照这种说法，如果吃了两斤羊肉，折算一下大概也有五到八斤。清代的美食家李渔说，羊肉养人也害人。吃羊肉时肚子里一定要留有余量，当你感觉肚子里饱饱的时候，就已经吃多了，待它在你的胃里涨发开来，就要伤胃坏脾了。其实生活中不仅是吃，做什么都要留有余地，否则受伤的就是自己了。

羊肉吃法很多，煎、烤、烧、焖、炖、涮、煮、炒、炸等手法都能做出美味的羊肉菜肴。吃过一道清蒸羊肉，感觉很是不错。这道菜是结合现代健康养生的饮食需求，创新制作的。精选内蒙古羔羊肥瘦相间的部位，将羊肉洗净去皮，切成 8.5 厘米长、5 厘米宽的条，光面朝下码放碗内，上面放入大料、葱段、姜片、蒜片、料酒，经独特手法将肉去脂去膻，配以上汤，辅以山药、枸杞、大枣等补品，上锅蒸两个小时即可。蒸出的羊肉鲜香润滑，是一道不可多得的温补养生上品。北京清真老字号“西来顺”有道油泼羊肉，原料采用羊腱子，切片氽水后再炝，味道咸鲜适口，口感有一些筋道，给我的感觉就是脆嫩爽香的完美结合，非常好吃，值得大力推荐。四川的简阳羊汤汤肉兼备，乳白色的羊汤没有膻气，却有着高汤般的醇厚与滋味，羊肉羊杂鲜美适口，不膻不腻而且越嚼越香，蘸上特制的蘸水，加上一点简阳的白腐乳，那种享受直比天上神仙。

水蟑螂的味道不错

决定去猪肉婆吃晚饭的时候是早晨九点，闫涛给我开了张单子，上面写满了一些昆虫的名字：禾虫、龙虱、沙虫，等等。有些我见过，有些也吃过，还有些我连名字都没见过。

龙虱是一种昆虫，广东人叫水蟑螂，也叫水甲由，很多非广东籍的食客，看见那个样子就不想吃了。但是广东人觉得好吃而且滋补，可以治尿床，大概还有固精防止早泄的功效，因而成为餐桌上的佳品。尤其是我们吃到的这种叫金边龙虱，按照猪肉婆的说法，这种龙虱滋补作用最强。我早已过了尿床的年纪，是否治早泄这事在外也无法验证，但是龙虱丰富的蛋白质形成的美妙味道，还是让我吃了几个。确实挺好吃的，而且这是猪肉婆的一份情意，必须要尝尝。

其实我更喜欢禾虫蒸蛋、鱼肠煎蛋和灼蚌片沙虫这样的菜式，看着习惯，吃起来喜欢。禾虫的肥润，鱼肠的脆嫩，沙虫、蚌片弹润的口感，都让我体会到了顺德菜对火候把控的精准。后面上来的豉汁蒸鳗鱼也证明了这一点，鱼皮脆韧，鱼肉弹滑，滋味丰富饱满。这一次由于事先打了招呼，喝到了她家的招牌汤水——猪肚汤，尝到了陈晓卿老师说的那种“回甜”的感觉。来顺德必到猪肉婆，这一次的晚餐更坚定了我的信念！

人生奔波，再没有一口好吃的可怎么行呢？！

西兰花与下气通

西兰花是好东西，北方人最早是在粤菜里见到它的，粤菜则是从西洋引进的。西兰花含有丰富的抗坏血酸，能增强肝脏的解毒能力，提高机体免疫力。研究表明，西兰花能有效对抗乳癌和大肠癌。健康的人经常食用西兰花也能起到预防癌症的作用，为此，西兰花被誉为“防癌新秀”。同时，西兰花对高血压、心脏病有调节和预防的功用，富含高纤维的西兰花能有效降低肠胃对葡萄糖的吸收，进而降低血糖，有效抑制糖尿病的病情。因此，西兰花堪称卓越的健康食品。

可是美国前总统老布什不吃西兰花。为什么呢？原因在于老布什怕“放气”，也就是中国古语讲的“下气通”，用最通俗的说法就是“放屁”。

最近看了一本研究“屁”的书籍，很好玩，在这里与大家分享。

20 世纪 90 年代的一份研究数据表明，人一天会放 20 个左右的屁，大部分是不知不觉中的抒泄。女生稍微少一些，这和女生的食量有关。如果“屁”过多，就应该注意自己的饮食内容和饮食速度了，屁的产生和这两个方面有着很大的关系。

豆类和淀粉类食品主要的成分是碳水化合物，如果吃进太多的碳水化合物，肠内细菌无法消受，就会产生气体。豆类在英国有“音乐果”的谑称，就是因为它有很强的造气功能，土豆类食品同样如此。我国有“吃白薯爱放屁”的说法，其原因也是如此。还有西兰花、甘蓝、洋葱、香蕉、苹果、肥肉等，也是造气功能比较强的食品，这也就是老布什不吃西兰花的原因了。健康食品中的黑麦面包，更是属于“屁妖”类的食品。果糖含量高的食品和饮料也有这样的功能。同时，在进食速度方面也要给予足够的重视，快速的进食，就会带入大量的空气，这样也会增加肠内细菌的负担，从而使气存于肠内。

由于屁的味道不佳，又是从下体泄出，故大家普遍认为当众放屁是一件非常不雅、没有礼貌和教养的事情。这是一种历史文化的遗留，没有什么好说的。但是从人体健康的角度出发，有屁就放是非常必要的。屁的成分包括氮、二氧化碳、甲烷、氢、氧等，屁臭味主要来自大肠杆菌等腐败菌在分解蛋白质时所产生的氨、硫化氢等成分。甲烷入血将对身体产生很大的危害。放屁尤其是臭屁虽然不雅，但能将人体内的部分有害物质排出体外，没有什么可非议的。也正是这个原因，使许多研究“灭屁技术”的人到后来放弃了研究。放屁在文化上虽然有伤雅致，但在健康上却是大大有益的。

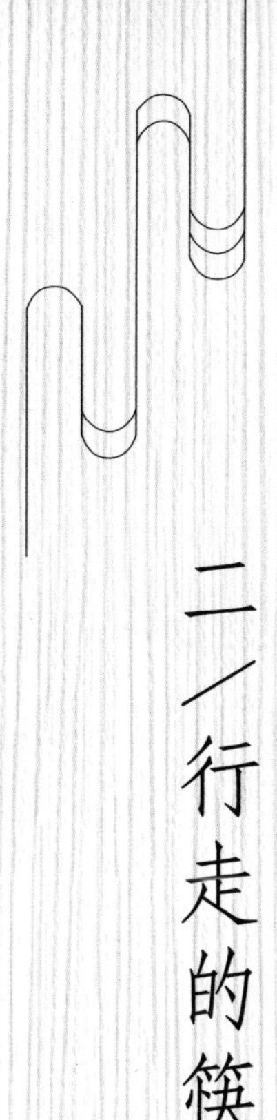

二／行走的筷子

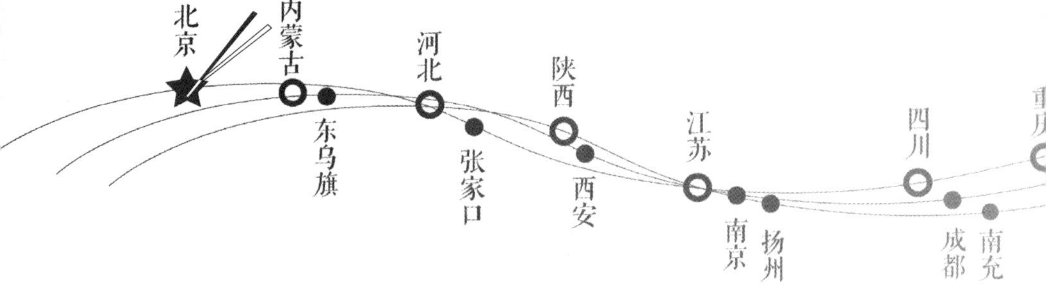

臭豆腐，馒头片

20 点 55 分，火车到了北京南站，朋友接了我赶往麦子店西街的羊大爷涮肉。在上海和沈宏非一起吃饭时，他说转天就去北京，想吃一顿涮羊肉。打了电话回北京，先定好吃饭的地方，然后微信拉了个涮羊肉群，约了几个朋友一起在北京吃涮羊肉，为沈宏非接风。羊大爷的涮肉味道不错，上肉的方式独具一格。一般餐馆都是用盘子，他们用的是木板。最著名的就是一米肉，切好的肉片铺在一块一米长的木板上，上下左右晃动肉都不会掉下来。新鲜的没有注水的羊肉有自然的黏性，用木板上肉就是一种自信的表现，证明自家的羊肉新鲜、纯粹。

除了羊肉，我还喜欢他家的炸馒头片配臭豆腐，这是我小时候很喜欢的一种吃食。这个臭豆腐和南方流行的臭豆腐不是一回事，其实应该叫作臭腐乳。早年间北京没有腐乳的叫法，杂货店里一般卖两种腐乳，灰绿色的叫臭豆腐，红颜色的叫酱豆腐，虽然都挂着豆腐的名字，实际上是两种颜色的腐乳。灰绿色的腐乳有一股臭味，不喜欢的人很难接受它。这种带有臭味的腐乳和南方的那种臭豆腐还是很有渊源的。康熙年间安徽的举人王致和进京会试落榜，便在安徽会馆住下来继续苦读，顺带做豆腐售卖，赚些银两维持生活。屡试不中后，王致和索性下海做起了豆腐。有时候豆腐没卖完，又舍不得扔掉，便切成小块腌起来，时间长了打开一尝，虽然臭味很重，但是却有一种独特的香气。这种臭腐乳物美价廉，臭中有鲜，很快在民间流传开来，后来还传到了皇宫里。据说，慈禧太后也好这一口，嫌臭字不好听，就着臭豆腐方正的形状、灰绿的颜色，御赐了一个“青方”的名字。

小时候，臭豆腐被我们当作咸菜吃，有的时候夹在热馒头、热烙饼里吃也很美味。炸馒头片夹臭豆腐是后来的吃食，因为那时油是稀罕的东西，每人每月半斤油，谁家舍得用它炸馒头片呀。一般都是在炉子上烤馒头片，烤得焦黄酥脆的馒头片抹上一层臭豆腐，吃起来真是香啊！如果能再加上一个油辣椒，那就是无上美味了。窝头片和馒头片差不多，烤得焦脆再抹上臭豆腐吃也很美味。

喜欢臭豆腐大概也是贫穷中的无奈之选。记得当年酱豆腐三分五一块，臭豆腐两分钱一块，虽然两者价格只有一分五的差距，但是家里却很少买酱豆腐的。生活艰苦到要算计节省一分钱、几厘钱，对于今天的孩子是无法想象的。那时候冬储大白菜便宜的一分八一斤，好的一级的二分九一斤。现在一棵白菜的钱，比当年一家人一个冬天吃白菜的钱还要多出一些的。有一次家里吃火锅，和女儿去超市买菜，女儿拿了一棵大白菜，结账时居然要 105 元，仔细看了标签才知道，这大白菜是有机种植的。前几天和真格基金的发起人徐小平老师聊天，说到生产关系和生产力相互作用的理论是可以解释中国近几十年社会发展历史的。改革开放之前，我们的生活极其贫困，就是因为生产关系束缚了生产力的发展；改革开放了，生产关系变革了，极大地解放了生产力，地还是那些地，人还是那些人，可是却生产创造出了过去无法想象的财富，社会也从贫困走向了富足。政策就是生产关系，政策变化了，促进了生产力的发展，社会也就发展了。这几十年我们生活的变化就是最好的例证。

吃了馒头片夹臭豆腐，再吃一些涮肉，身体慢慢地暖和起来，能量也逐渐恢复了。抽烟、喝茶、聊天，间或吃上一口肉，喝上一口酒。聊着吃着，明天的饭局又定好了。生活不就是一个饭局接着一个饭局的持续么？

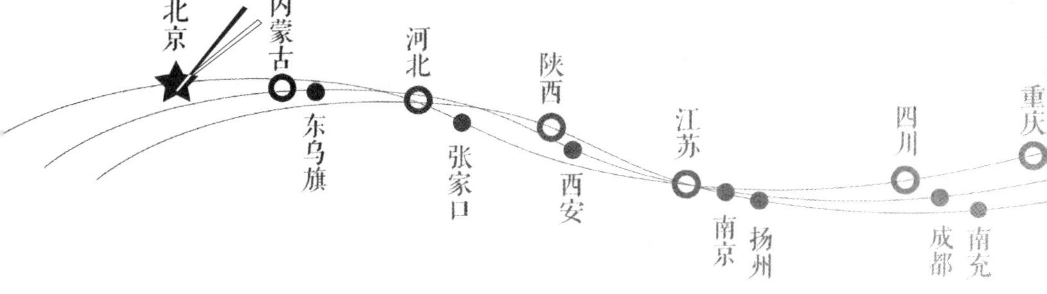

有爱的餐厅 Niajo

有一年去澳门旅游，逛了酒店、商场、赌场之后，便在澳门街头闲逛。离开大三巴牌坊时有些累了，当地的朋友把我带进一家葡萄牙风味餐厅吃饭歇息。朋友帮我要了西班牙海鲜饭，当时还纳闷，为什么要在葡萄牙风味餐厅里吃西班牙海鲜饭呢？餐厅的景致很好，窗外就是波光粼粼的海湾，西班牙海鲜饭也很好吃，一下子就喜欢上了。回到北京后，我去过几家西班牙风味的餐厅，可是总也没有找到澳门那家葡萄牙风味餐厅的感觉。环境变了，难道味道也变了？

北京的西餐厅很多，意、法、俄、美居多，西班牙的食物虽然美味，但是相比于上述国家的餐食，还是少了很多。不过美味的食物总能找到它的拥趸，就像喜爱西班牙

美食的朋友，总会在三里屯那里花园遇到知音。因为北京最地道的西班牙餐厅就在那里，三楼的Niajo就是其中之一。这里出品地道的西班牙传统美食，Homemade（像自家做的菜）是其主要风格。正宗的Paella（芭爱雅）来自老板Alex家族的传统配方，美味的Tapas和爽口的番茄冷汤，都可能是老板私藏或朋友贡献的地道做法。

餐厅还用巴伦西亚地区出产的一种叫“Esgarraet”的鱼干（有金枪鱼、凤尾鱼、鳕鱼鱼干等），配上烤红椒，加点橄榄油，做成美味的Tapas。

Niajo的发音是(ni–ya–ho)，名字来源有个温暖的小故事。Alex有个智力有点障碍的弟弟，他叫Alex的名字时，每次都会念成Niajo。Alex身在中国，非常想念家人，尤其是天真的弟弟，于是将餐厅取名Niajo，在餐厅里工作，就像跟弟弟在一起一样，可以找到家的感觉。

Niajo除了经典的芭爱雅和各种Tapas，西班牙5J火腿也不可错过。好品质的火腿拥有优美的花纹，但却常常被爱美的女性误认为是肥肉，吃了会发胖，Alex就会不厌其烦地给客人讲解，这里面看似肥肉的部分其实和普通肥肉不同，吃了不仅不会长肉，还有疏通血管、保持身材的作用。

Niajo 还有西班牙产区的葡萄酒，这里大概是北京拥有西班牙葡萄酒最全、最多的餐厅了，老板深谙餐酒搭配之道，来这里吃饭，如果你拿不准选哪款酒，倒是可以问问 Alex。

在中国已经生活了 15 年的 Alex 说："我对中国人的口味还算比较了解，当初在西班牙的时候，就有很多中国人喜欢来寻找美味，他们能接受西班牙的饮食。而且在中国这么久了，我也充分了解了当地人的喜好。"虽然变革与创新是目前餐饮市场的主旋律，但是 Alex 对传统的尊重也赢得了消费者的认同。当然，Niajo 也在变化。为了推新菜单，Alex 带着主厨 Pan 在 2014 年底至 2015 年初，用了三个月的时间，在西班牙采风、学习。他们去了巴伦西亚、马德里和圣塞巴斯蒂安三个城市，造访了当地的米其林餐厅，与大厨们一起工作和研究，带回了 60 多道全新菜品。新菜单中增加了很多平民化的菜品，价格很实惠，而且还可以按个收费，这样可以让客人尝到更多口味的西班牙 Tapas。这里给大家推荐几款：

奶酪火腿拼盘配葡萄干、核桃和橄榄：用的 5J 火腿、曼彻格芝士，加上核桃、葡萄干、橄榄及草莓，摆盘也相当漂亮。

苏格拉烟熏三文鱼配酸奶油及黑松露：进口三文鱼的口感细腻，配的酸奶油、黑松露及白松露油。

炸土豆、腊肠卓利索配自制的蒜香蛋黄酱：自制的蒜香蛋黄酱绝对让这两样美味来了个更美妙的碰撞，是很适合下酒的一款 Tapas。

西班牙甜品拼盘：这个甜品拼盘集合了多种经典甜品，法国法芙娜巧克力做的巧克力慕斯、焦糖布丁，法国空运的马卡龙、草莓冰霜、香草冰激凌等，绝对是甜品爱好者的心头好。

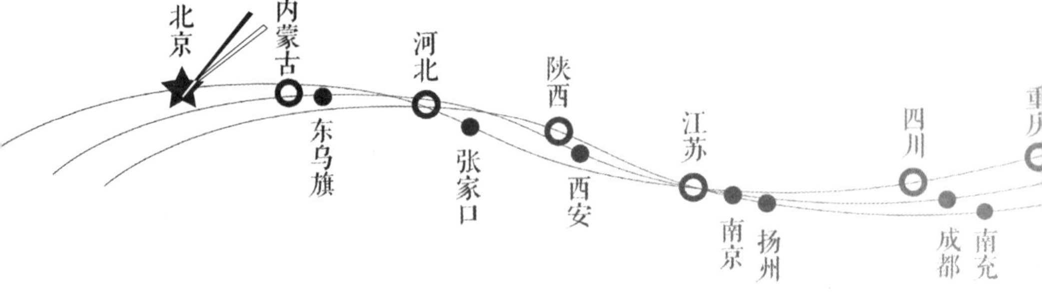

芭爱雅（Paella）本是一口锅

第一次吃西班牙菜是在澳门。一个上海裔的澳门姑娘请客，开车过了氹仔大桥，停在了一座海边别墅的前面，朋友说这里有澳门最好吃的西班牙菜。20 年前与西班牙美味的邂逅，让我记住了西班牙红虾和海鲜饭。记住红虾，是因为甜爽嫩脆的虾肉很好吃；记住海鲜饭，是因为平底铁锅里的海鲜被我们吃完了，米饭却剩下很多。作为第一次接触西班牙食物的我，很不习惯海鲜饭里大米硬硬的口感，与中国米饭相比，海鲜饭里的米饭就像夹生饭。这是 1994 年秋天的事情，那时北京还没有西班牙餐厅，意大利餐厅也少，根本不知道什么地中海美食，也就难以理解海鲜饭里的米粒为什么那么硬了。

在此之后曾经在不同的地方吃过西班牙菜，基本上每一次都会叫海鲜饭。这种有海鲜、有肉、有蔬菜、有米饭的菜式，对于喜欢吃主食作为饭局结尾的中国人来讲，再合适不过了。吃过的西班牙海鲜饭，有中国人做的也有外国人做的，味道、口感各有千秋，不管是否喜欢，反正都叫作海鲜饭。最近一次吃海鲜饭是在北京三里屯那里花园的Niajo，有趣的是前一天晚上，我在一家日本料理餐厅吃饭时，偶遇了Niajo的老板。那天是欧洲冠军杯决赛的前夜，作为巴塞罗那球迷、也是Niajo的主厨兼老板的Alex喝美了，一边忙着和朋友打赌巴萨夺冠，一边举着个酒瓶到处请人喝酒。据说，那是他珍藏的西班牙红酒，他认定巴塞罗那夺冠，拿出好酒先预祝一下。喝了一小杯，感觉不错，我顺带也在巴塞罗那队上投注了100元。

北京三里屯有个那里花园，是喜欢西班牙菜的人聚集的地方。那里有几家西班牙人开的西班牙餐厅，有着比较地道的西班牙美食，三楼的Niajo就是其中之一。这家餐厅开了六年多，名气不大，生意不错。老板兼主厨Alex来自西班牙海鲜饭之乡巴伦西亚，家族里五代都有人经营餐厅，他的两个兄弟就曾经在马德里从事厨师和经营餐厅的工作，也算是餐饮世家了。那天我要了一个墨鱼汁海鲜饭，料很足，味很正，大家吃得很开心。看到菜单上海鲜饭的西班牙语名字是“Paella”，和海鲜没有一点关系，就此请教 Alex，没想到打开了他的话匣子。

西班牙东南部的巴伦西亚是富饶的鱼米之乡，出产优质的大米和各种鱼类。人们对米饭的吃法也多种多样，Paella 就是其中最大众化的吃法。这种饭是用一种名为“Paella”的平底锅，采用大米、海鲜、肉类、蔬菜等配上各种调料，煮后进烤箱烤制而成。

西班牙米属于硬米，所以吃起来有点夹生感，很多中国人一开始不习惯，不过细细咀嚼之后会发现，这种米饭满口留香，别有一种风味。“对于‘Paella’，很多人会翻译为‘西班牙海鲜饭’，这是不准确的，应该叫‘芭爱雅’，跟我念：芭、爱、雅！这种饭里不一定放海鲜，我们会放各种食材，比如鸡肉、鸭肉等，它是‘芭爱雅’，不是‘海鲜饭’。”这段话大概是 Alex 对中国的朋友和客人们讲得最多的。

Alex 是个幽默、认真的西班牙人，在对待“芭爱雅”的问题上，我们看到了他的认真，甚至有点捉急的样子，原本的幽默感大概被他暂时忘记了。也许正是 Alex 的认真态度，保证了出品的高质量。也许正是这样不妥协的坚持，才是美味代代相传、绵延不绝的原因吧？

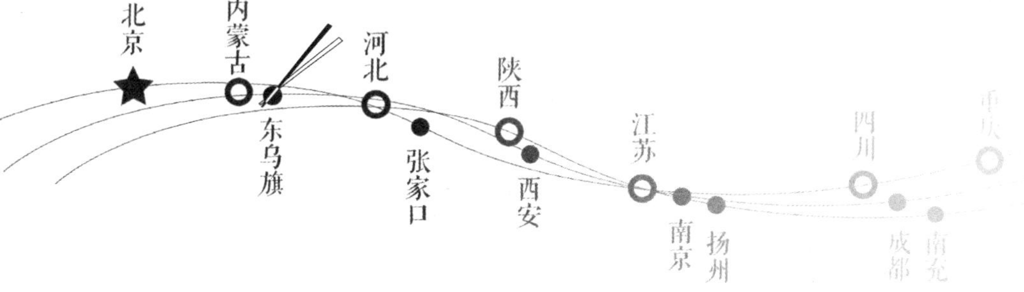

东乌旗的早餐

早晨被冲进房间的阳光叫醒，眯着眼睛适应了一会儿，才适应了草原阳光的强烈。洗漱完毕，顺带洗了两双袜子、两件 T 恤。几天来一直在赶路，换下的衣服根本没有时间晾干，这一次要拍摄一些草原的元素，因此要在东乌旗住两个晚上，赶紧把衣服洗一下。这次带的衣服是我出差、旅行经历中最多的一次，因为二十多天的旅程要从凉爽的黑龙江中俄边境的黑河市经吉林、内蒙古、河北、山西、陕西、四川，走到最南端云南腾冲市中缅边境处的友谊碑，越往南走天气越热，换衣服的频率肯定要比凉爽的东北、内蒙古频繁许多，除了多带几件衣服外就是抓紧时间洗了。

晾好衣服下楼，酒店的早餐已经停供了，于是到街上找点吃食。走过一个路口，在一个小饭铺坐下来，要了一份巴盟面筋和一根油条。面筋口感一般，没有什么嚼劲，调味也差点功夫，不酸不辣，温吞吞的没有特点，没有西贝莜面村的好吃。想想这没有什么可奇怪的，西贝莜面村的巴盟面筋是看家名菜，经过多番调试才达到现在的标准。小饭铺没有那么多讲究，只要模样差不多也就可以应付了。不过油条味道不错，炸得透，香脆，内里微韧，有嚼劲，好吃就又加了一根。东乌旗全称是东乌珠穆沁旗，是内蒙古自治区锡林郭勒盟的一个旗。早餐有蒙式的，也有汉式的。汉式的和内地差不多，油条、豆腐脑、包子、稀饭等，蒙古族的早餐则要硬实很多，炒米、奶茶、手把肉，在我看来都是正餐的横菜。这样的早餐吃一顿，一天的能量也就差不多了。只是一个人无法消受蒙古族丰盛的早餐，只好去吃习惯的东西了。

吃早餐的功夫，乌云涌上来，太阳不见了，零零散散地下起了雨，气温又降了几摄氏度，穿着短袖走在街上，不由得打了几个喷嚏。草原地区天气变得很快，晴雨之间经常是无缝隙地随时转换。按照计划，今天我们要去草原深处，探访一家真正游牧的蒙古族人家。向导说，牧场在中蒙边境附近，那里没有路，只有车轮轧出的痕迹。有些庆幸这次我们用的是新款的途锐，超级的越野能力正好可以适应这样的路况，要是一般的轿车，能不能进去暂且不说，即使勉强开进去，人也要被颠得七荤八素的没心思做事了。

导演说，我们要去的这家牧民有一千多只羊、一百多匹马、六十多头牛，按照目前牲畜的价值计算，这可是个富裕人家呀，几百万的身家肯定是有了。在那里我要向一位蒙古族大嫂学做一顿蒙古餐。在我的记忆里，蒙古族的主要餐食是肉、奶制品和炒米，米是糜子米，炒熟了和在奶茶里吃。肉怎么做？烤全羊还是手抓肉？无论哪种对于我这个只善于纸上谈兵的人都是不小的难题，即使我在蒙古族大嫂的帮助下做出来，可是真有人敢吃么？

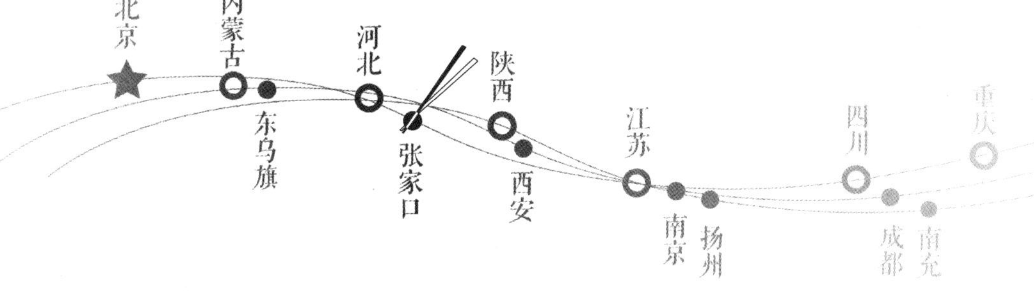

莜面的记忆

一早从东乌珠穆沁旗出发，晚上 9 点多才赶到张家口我们订好的酒店。地图上两地间的距离不过 660 公里，我们却用了 12 个小时。虽然有一段不是高速公路，但是这一段横穿草原的公路景色最是美丽，路况好，路上车也不多。因为要在 21 天的行程里拍摄出 75 分钟纪录片用的素材，导演看到合适的景色就会停下来，几番折腾以后，留给赶路的时间就不多了，所以等到我们吃完晚饭洗了澡准备休息时，已经是第二天凌晨了。

因为 2022 年冬季奥运会的一部分项目在张家口举行，整个城市正进入改建的节奏，街上拆了很多房子，断壁残垣上用红色的油漆写着各种迎接冬季奥运会的标语。利用大型国际性运动会的举办改变城市面貌，国际上很多城市都做过。在中国，1990 年北京亚运会出了个亚运村，2008

年北京奥运会来了个国家奥林匹克体育中心，2010 年广州亚运会有了珠江新城，2011 年深圳大运会奠定了深圳今天的美丽，2014 年南京青奥会，河西成了南京新的中心……不知 2022 年时，张家口会变成什么样子。对于这座古老边城的变化，我还是很期待的。

晚上在一家小饭馆里吃了一碗莜面。浇了羊肉汤的莜面面条撒点香菜末，再来两勺辣椒油，热乎乎香喷喷，肉汤油润鲜美，面条利口爽韧，辣椒香辣刺激，香菜添美增香，连汤带面吃下去，身上出了一层细毛汗，暖暖和和的全身舒坦。

最早对张家口的记忆就和莜面有关。有一年我家邻居有张家口亲戚来北京，带来了一些莜面，邻居把那些莜面做成莜面卷，蘸了蒜汁吃。当年人员流动不多，物流更是落后，莜面在北京还算是稀罕物，因此邻居也给我家送了一些。没有羊肉汤辅佐的莜面真难吃呀！一碗莜面条，我居然没有吃完。那时候，正是长身体的年月，肚子里本来就缺少油水，莜面粗粝的口感比玉米面窝头还难以下咽。虽然那时北京吃饭还需要粮票，粮票还分为粗粮、细粮，但是平时还没有什么特别的感觉，这一碗莜面让我体会到了什么是粗粮，真是粗粝得拉嗓子的难以下咽。

女儿三岁的时候，我们去了一次承德，游览避暑山庄和外八庙之余，在承德吃了一次莜面卷。从蒸笼里取出码放得整整齐齐的莜面卷，浇上承德当地的茄子卤，一碗吃下去，感觉味道还不错。妻子和女儿都没有吃过莜面，也觉得挺好吃的，一笼莜面卷就被我们三人吃光了。我和她们讲当年我吃莜面的感受，两个人眼睛睁得大大地看着我，一脸我在讲故事的样子。她们觉得莜面挺好吃的，怎么会难以下咽呢？是呀，承德吃莜面的感受与我当年的感受完全不一样啊！

改变是因为生活变得富足了。第一次接触莜面大概是1974年前后的事情，那时候衣食住行都不可能讲究，买肉要肉票，买粮食要粮票，就是买豆腐也要凭票的。人们肚子里没有什么油水，因此对口感粗粝富含膳食纤维的谷类都不会喜欢。时间到了1998年，人们开始享受到改革开放带来的红利了，物质供应已经极大丰富，人们肚子里油水多了，吃东西也开始有了讲究，粗粮和膳食纤维丰富的食物受到人们的重视，以前不受欢迎的一些食材，摇身一变，成为今天人们趋之若鹜的健康食物。莜麦、豆渣成了健康食品，以前农村喂猪的南瓜秧、红薯秧、花生苗都成了餐桌上的佳物，这是社会生活富足之后，大众健康选择的必然趋势。

莜麦成为健康食品的新宠，与其自身营养丰富有着密切的关系。在走西口的路上，经常可以听到这样的歌谣：“四十里的莜面三十里的糕，十里的荞面饿断腰。”莜面耐饥顶饿，走长路吃莜面是走西口人的常识。“种一坡收一车，打一笸箩煮一锅，吃一顿剩不多。”浓缩的都是精华，莜面耐饥也就不难理解了。再者，莜麦吃到嘴里前，要经过三熟：先是洗净晾干炒熟，然后才能磨成面粉；莜面和粉时要用开水，和好后趁热做成，然后再蒸熟或煮熟，这种做法一次次地把莜面的精华保留下来。科学分析表明，莜麦的营养价值在禾谷类作物中是最高的，它所含的蛋白质和脂肪量为五谷之首，还含有磷、铁、钙和维生素等多种营养成分，经常食用，有软化血管、降低血脂、降低血糖的作用。正因为莜面具备了这些特点，才成为今天人们推崇的健康食品。

想到莜面的好处，我觉得做好莜面文章可能是中式餐饮走向国际的一条路径。面条是国际化的食品，莜面面条的健康保健功效则是其他面条不具备的，打好健康食品牌，调好卤汁、酱汁的味道，也许莜面就会像意大利面那样成为世界性的食物，而这也是值得中国餐饮人努力的！

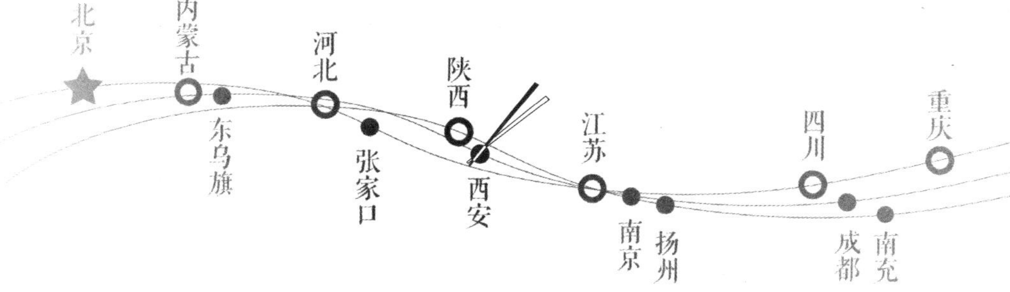

主食怎么那么多

1984 年的夏天，结束了大学暑期的社会实践，从青海返回北京的途中，在西安玩了三天。三天的时间我们去看了兵马俑、华清池、华山，仅有的一点钱除了买门票外，只敢买一些街边的小吃，正经餐食都是在同学家里吃的。那时脸皮真够厚的，蹭吃蹭住的也没觉得有什么不好意思。也是因为年轻，不懂得什么人情世故，可也真是没钱，让我们不得不厚着脸皮蹭吃蹭住。

一个多月的青海之行，基本上是在高海拔地区度过的，年轻的身体很快适应了高原缺氧的环境，但是在吃饭上却很难适应。高原地区空气稀薄气压低，水在 70℃就开了，导致面条煮不熟，馒头蒸不透，米饭也是夹生的。除了在西宁和格尔木吃过几次踏实饭，其他时间的饭食都是强迫自己吃下去的。我至今依然清楚地记得在青海的那段时间里，我是多么想念家里的饭菜，好吃与否已经不再重要了，关键是能吃到熟透的馒头和米饭呀。这个问题到了西安总算得到解决，大气压恢复到正常标准，水要100℃才会开，什么饭食都能煮熟蒸透再吃，无论是肉夹馍、羊肉泡馍还是浆水面，我们吃得极其畅快，瞬间觉得西安的吃食就是最好的美食了。这样的一段经历，让我对西安的吃食留下了很好的印象。

从1984年到现在，30多年里去了西安很多次，很是喜欢西安的那些吃食：贾三的包子，老孙家的泡馍，秦镇的米皮，关中的凉皮，还有肉夹馍、臊子面、油泼扯面、泡泡油糕、千层油酥饼、金线油塔等，这些以面食为主的西安、陕西小吃，极大地满足了我这个吃面食长大的北京人对吃爽的渴望，让我知道除了包子、饺子、炸酱面之外，面食还能有那么多花样，还能做出那么多好吃的东西！

二十一天贯穿中国的自驾活动带着我又一次来到了古城西安。从黄河岸边的碛口古镇穿越黄土高原到达西安的时候，已经是晚上九点半了，饥肠辘辘的我们放下行李就去了朋友妖哥安排的接风晚宴。最近两年由于工作的关系，多次去西安寻访美食，对陕西的食物有了进一步的了解和认识。早年间建立起的西安美食印象虽然还顽强地指引我去寻找那些曾经给我带来满满幸福感的食物，但是遇到时却很难再有旧日的那番兴致了。与以往不同的是，那些曾经引起我极大兴趣的各种面食，虽然还保有很好的味道，但是我却无法完整地享用它们了。

晚宴上妖哥推荐了疙瘩面给我，这是咸阳老黄家的招牌吃食。疙瘩面又叫一面三吃，一疙瘩泡在酸汤里吃，一疙瘩拌上肉臊吃，一疙瘩拌上油泼辣子吃。三种吃法味道都还不错，面条劲韧顺滑，滋味各有千秋，可谓是很有特色的地方风味小吃了。虽然我们饥肠辘辘，可是这三疙瘩面条吃下去，我们一行人中最能吃的也有五六分饱了，我这个曾经的“大胃王”基本上也吃饱了，只能看着眼前的贵妃饺子、泡泡油糕、千层油饼、生煨鱿鱼丝、葫芦鸡、锅包肘子、赛熊掌、烩三鲜等菜品发呆。妖哥介绍说，这些都是经典的陕西菜，您多吃一些吧。面对这么多横菜、这么多主食，我实在是吃不动了。

这些年一直做着和饮食有关的事情，游历大江南北、长城内外的同时也见识了不少地方特色饮食。饮食经历丰富了，对食物的认识也深刻了许多，对一个地区饮食的评价更愿意在与其他地区的饮食特色比较中得出，这就让我对西部的饮食有了一些想法。相比较南方饮食的精致与丰富，北方饮食显得简单粗犷了一些；相比较东部地区的风味杂陈，西部地区多少有些单调。虽然陕西是华夏文明的发祥地之一，但历史上的饮食辉煌并没有映射到改革开放后的今天。陕西的朋友谈到中华饮食文化时曾经有这样一个说法：天下之菜源于陕，始于周秦盛于唐。世界历史上第一次有大型宴席记载并且有菜名记载的是唐代韦巨源宴请唐中宗的“烧尾宴”，宴席中记载的58道菜，有一些流传至今。我知道这些都是陕西饮食历史上的辉煌，但是随着社会的发展，中国文化经济的重心逐渐转移到长江以南，陕西饮食在中华饮食文化中的地位无可奈何地衰落了。以黄土高原和关中平原为主干的陕西，干旱的气候、贫瘠的土地、相对封闭的地理环境，逐渐失去的文化中心地位，让陕西菜在中华饮食文化中的地位也发生了变化，到现代则有了边缘化的趋势。想想这也是没有办法的事情。任何菜系的发展壮大，背后一定有强大的经济实力和文化实力支撑，这也是改革开放以来粤菜风行大江南北的原因，也是中西部地区饮食缺乏全国影响力的原因。

这一次在西安停了三天，也在西安的大街小巷里吃了三天。大部分饭局都会遇到许多可做主食也可称之为菜的菜式，这样的菜式多了，很容易就把自己吃饱了。许多美食达人对西安的美食记录中，图片拍得唯美动人，滋味描述得极为诱人，但是认真看下来，80% 左右和主食有关。

疙瘩面也好，羊肉泡馍也罢，抑或是百饺宴、油泼扯面、秦镇凉皮等，大致都和丰富的淀粉含量有关。主食过于显赫的区域饮食，虽然有着辉煌光鲜的一面，但是也说明了某些方面的单调、影响力的弱小。钱钟书先生说，中国人请吃饭，重点不是在饭上，而是在伴酒就饭的菜上。这一点在社会富足的今天尤为显著。陕西风味饮食中面食的辉煌，恰恰折射出陕西菜的弱小，这也是人们总在津津乐道陕西风味中主食品类丰富的重要原因吧？

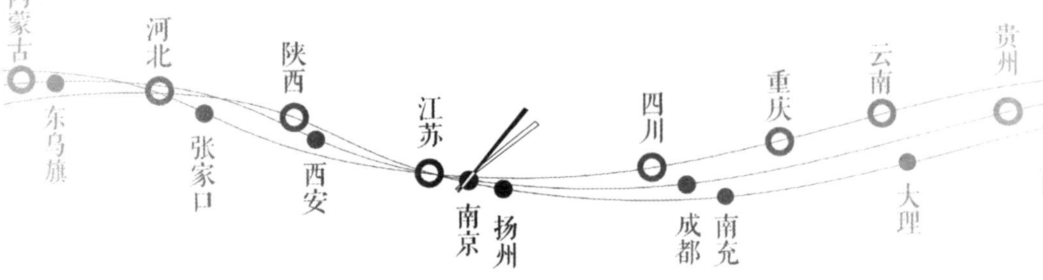

侯新庆，江南灶

段誉说，这顿饭他盼了两年了。作为一个酒店的行政总厨，段誉也是吃过见过的主儿了，可是一听说我要去扬州、南京找好吃的，他就迫不及待地申请与我同行。究竟什么样的美味能让以“醉熟蟹”享誉京城的段大厨如此期待呢？

我是一个社会闲散人员，没有工作也没有单位，正是有了这样的“优势”，每到春天，我都会到江南转转。在我看来，春鲜之美只有在江南、在长江被叫作扬子江的那一段长三角地区才有最完美的表现。这个地区江河湖海、山陵阡陌兼备，人文历史悠久，饮食文化深厚，食材比北方鲜，历史比南方久，居中的地理位置又让它有了融合、接汇南北的可能，在这个地方总能找到应季的美味。于是今年春天的第一次江南寻味之旅，我选择了扬州和南京。

扬州入选的理由充分得不能再充分了：历史上扬州的辉煌为现代人留下了经典的淮扬菜式，所谓“诗文之盛、娇娥之多、饮馔之精、歌吹之美”，说的就是历史上的扬州。扬州是淮扬菜的发源地之一，扬州迎宾馆很好地继承了传统淮扬菜的精髓并有所创新，他们的出品曾被几位美食评论家誉为“顶尖的淮扬美味”，因此江南寻味，必有扬州。

但是这并不是吸引大厨段誉的最佳理由。因为这次旅行中的南京站有一餐定在了香格里拉大饭店江南灶中餐厅，才让段誉迫不及待地加入了我的队伍。因为江南灶的主厨是侯新庆师傅。侯新庆师傅曾经在北京中国大饭店夏宫餐厅服务多年，凭着他精彩演绎的淮扬菜式，生生让夏宫这个粤菜为主的餐厅连续几年被京城美食媒体评为“最佳江南菜餐厅”。侯新庆师傅由此扬名立万，不仅赢得了食客的信任，更让一些年轻的厨师找到了学习的目标，段誉就是其中之一。两年前，侯新庆师傅离开北京去南京发展，根据南京地区的特点，特意为江南灶设计了多款江南风味的菜单，一经推出，便被食客追捧，没过多久，到了饭点江南灶就一座难求了。有一次我下午两点钟到了那里，居然还有排队等座的。把五星级酒店的餐厅做得如此火爆，侯新庆师傅真是高人！

去吃饭的那天下起了雨，雨水打乱了我走路健身消食的计划。早餐吃得晚了一些，中午吃饭时肚子还不饿，可是在江南灶茉莉厅看到桌上的那些冷菜时，我又对午饭变得期待起来。希望能够得到满足是生活中的一大乐事，侯新庆的出品依旧精彩得让我舍不得放下筷子！鱼头佛跳墙的醇厚浓香、刀鱼芦蒿烧卖的醇鲜雅致、茶香薰白鱼的细嫩香润、鸡茸燕窝粥的香滑、藕粉丸子里刀鱼馅的鲜美以及加了坚果碎的红烧狮子头、升级版的刀板香、肥润瘦酥的萝卜红烧肉……无一不让在座的各位大快朵颐，赞誉连连。

好友汕头潮菜研究会副会长、“茶痴”林贞标的评价是“江南至味”，对侯新庆师傅调味的精妙赞叹不已。段誉自然不会放过学习的机会，一边吃一边问，仔细记录着侯师傅的每一句话，品佳肴学技艺，好学的段誉怎能错过这样的机会呢？一餐饭吃得大家兴高采烈，高潮迭起，在座的几位广州同行努力地吃，虽然普通话说得颇为吃力，但还是认真询问着感兴趣的细节，侯师傅一一细致回答。宾主俱欢，这样的场面不正是我组团寻味的初衷吗？

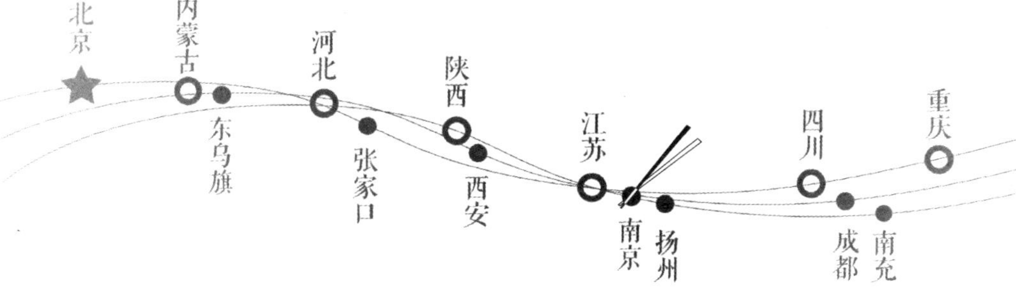

小馆子，好滋味

当我对秦淮河小吃失望的那一刹那，我对南京的美食记忆就只能停留在2003年的春天了。那一年的春天，我和家人南下踏春，在秦淮河、夫子庙那里住了三天。那时，南京还没有举办青奥会，也没有开发河西地区，秦淮河黏稠厚重还有臭味，夫子庙周边的建筑杂乱无章，小店排档比比皆是。可是那些开在寻常巷陌、违章建筑里的小饭馆，有着很好吃的菜肉大馄饨、鸭血粉丝汤，很好吃的牛肉锅贴和鸡汁小笼包，当然还少不了桂花鸭、香肚儿、烫干丝、藜蒿豆腐干等有滋味的南京美食。多年以后再去，秦淮河变清了，夫子庙周边齐整了，河西成了南京的高尚住宅区，可是我却没再找到那些给我留下了美好印象的小馆子。朋友请我在夫子庙一家著名的老字号品尝精品南京小吃，餐厅雕梁画栋，服务员前呼后拥，吃食上了很多，可我却没有尝到好味道，那些所谓的精品小吃让我下定决心再也不去吃了。

这个印象在一家小饭馆“都市里的乡村”得以改变，于是每到南京总要去那里吃上一顿饭，尝尝小馆的家常菜肴，巩固一下舌尖、味蕾对南京的记忆。

从规模上看，“都市里的乡村”是家很小的馆子，偏居在马路的拐角处。如果不是沈宏非老师带路，到南京的时候很难去那里吃饭的。不过只要去了，相信大部分人会记住这家餐馆的。“都市里的乡村”成为我在南京吃喝之旅中不可或缺的一站。

餐馆的主人刘哥说，这里做的都是南京人日常的吃食，没什么大菜，也没有什么名贵食材和繁复的烹饪技法，无非是讲究时令，吃些应季的食物，用当季最新鲜的原材料，做南京老百姓家里的菜。与一般家庭主妇不同的是，刘哥对食材的选择标准有些苛刻，他会到食材的原产地挑选购买，而不是在家门口那个偌大的菜场里。刘哥说，菜场里品种很多，买起来也很方便，也比他买的那些原料便宜不少，但是菜场里的食材缺乏原始野生的那种生机勃勃的鲜嫩。于是即使是不起眼的芦蒿，也是要长在江阴芦苇荡边上的才够味。

说到此，刘哥不无遗憾地叹息道：要是等到芦苇长出来，那时芦蒿的味道才是最好的，现在的只能是聊胜于无。这次吃到的清蒸甲鱼黄鳝是刘老板自家的菜式，甲鱼、黄鳝这类食材，一般的做法都是红烧，二者混在一起蒸还是第一次见识。甲鱼和黄鳝都是野生的，蒸出来真是鲜，看似清淡，吃起来却是黏唇黏嘴，香鲜醇厚；猪油渣煮青菜、黄豆烧猪皮都是极好吃的家常菜肴，材料很简单，做法很质朴。由于原材料好，成菜的样子虽然一般，但是滋味醇厚鲜美得令人难忘；清炖鸡、烧野鸭、蒸白鱼无不体现着食材的新鲜带来的美妙味道。同行的阿泉实在是爱极了猪油渣煮青菜的香润清甜，只好多加了一份，我则把酥豆瓣炒芦蒿包圆了。满满一桌菜，被大家欢笑着吃了个干干净净。

作为一个北方人，我没有刘哥这样挑选春季食材的经历，作为一个爱琢磨饮食和饮食背后故事的人，我能够理解刘哥这份执着。也就是因着这份执着，店面简陋、规模不大的小馆“都市里的乡村”成了南来北往的老饕到南京后的必去之地。我到南京只要时间允许，是一定要去那里吃顿饭的。江南舌尖上的季节变奏，在这里有着优秀且明确的表达。

竹深树密虫鸣处
时有微凉不是风

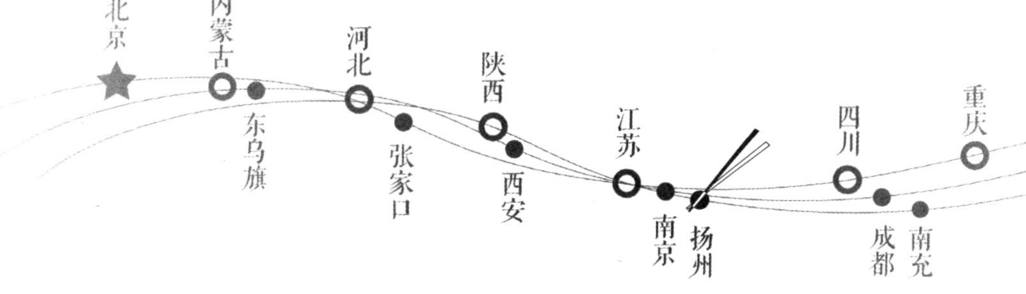

扬州盐水鹅

从 2007 年始，每年都要去扬州。一般是两次，春天一次，秋天一次，去得多了便愈发喜欢扬州了。这几年，每年都要去扬州三四次，只要想了，买张票就上路了。最多一夜最快三个多小时，人就可以在扬州城里闲散地漫步了。或是从漕河走到古运河，或是从宋夹城走到东关街，或是从虹桥坊走到大明寺，或是在兜兜巷里钻来钻去，无论哪一种走法，都能发现扬州的可爱与美丽。这座拥有两千五百多年历史的城市，有太多吸引人们关注的美妙所在了。当然，与扬州美景同样重要的就是扬州的美食了。作为接北续南融汇东西的淮扬菜最主要的发祥地，扬州有太多让老饕流连忘返的美食了，盐水鹅就是其中之一。在扬州，盐水鹅被亲切地叫作“老鹅”。鹅虽然不是什么名贵的食材，做法上也没有什么繁复的技巧，可是在扬州人的酒席上，无论如何是不能少了盐水鹅的。

扬州人养鹅，在唐代就有诗人做了吟诵，姚合在《扬州春词》中说：扬州是“有地惟栽竹，无家不养鹅”；到了明代，鹅肉已经成为扬州人家的一道家常菜了。扬州菜里用鹅肉做的菜肴很多，但是最普遍的就是被扬州人叫作老鹅的盐水鹅了。

盐水鹅被扬州人叫作老鹅，其中不乏亲切的意思。据统计，扬州城里卖老鹅的摊点有 2100 多处，每年扬州人要吃掉 2000 万只鹅。一般来讲，制作扬州盐水鹅要选 5 斤以上的鹅，2000 万只就是一亿多斤，扬州市（含郊县）的人口是 446 万，算下来每个扬州人一年要吃掉 20 多斤的盐水鹅，这还不算扬州地区每年要加工 6000 万只风鹅。鹅在扬州人的日常生活中有着如此重要的地位，难怪扬州人会亲切甚至有点恭维地把盐水鹅叫作老鹅了。

老鹅之“老”还有另外的意思：一是说其大，在饲养的家禽中，鹅的个头是最大的；二是盐水鹅要做得好吃入味，卤汤一定要用有传承的老汤。再有呢，就是老鹅叫起来爽快、亲切，久而久之，盐水鹅在扬州人那里也就成了老鹅了。

扬州是淮扬菜的发祥地，丰富多彩、博大精深的淮扬菜也养刁了扬州人的味蕾，如果老鹅的味道不好，扬州人是不会如此青睐的。在扬州的多家餐厅酒楼吃过盐水鹅，有整只切好拼配成形的，也有鹅头、鹅掌、鹅翼、鹅肉组成的拼盘，好吃的无一不是外表澄黄油亮、不瘪不塌、壮实饱满、味道咸淡适中；空口尝味不齁人，伴酒下饭也不淡；肉质酥润，香味宜人。所谓浓而不腻，淡而不薄，滋味鲜美，食后齿颊留香。盐水鹅在扬州既是家居小食，又是酒席华宴上的名菜，可谓是上得厅堂、下得厨房的可人尤物。

制作上的精致与精细保证了老鹅的好味道。扬州市有关部门还制定了盐水鹅的地方标准，在选料、制作方法、外形特征等几个方面做了严格的规定。鹅的体重不能低于五斤，更重要的是按照卤制老鹅的数量，加入体重不低于四斤的阉割公鸡一起卤制。锅盖要用杉木做的，卤汁要在木甑锅中烧沸，加上绍酒、葱、姜、盐、八角、花椒、桂皮、丁香、小茴香、砂仁、豆蔻等调味料。老鹅卤好后形体完整，色泽黄澄油亮，肉质软烂而不散，质感松嫩，肥而不腻，鲜咸适口。

前两年，有媒体举办过一次好吃的扬州老鹅推荐，有14家老鹅摊上榜。试过其中的几家，就个人感觉来说，扬州老鹅摊档和酒楼饭馆的盐水鹅滋味各有不同，但是都还好吃。相比之下，扬州迎宾馆的盐水鹅、扬州狮子楼的盐水鹅拼盘滋味更好一些。

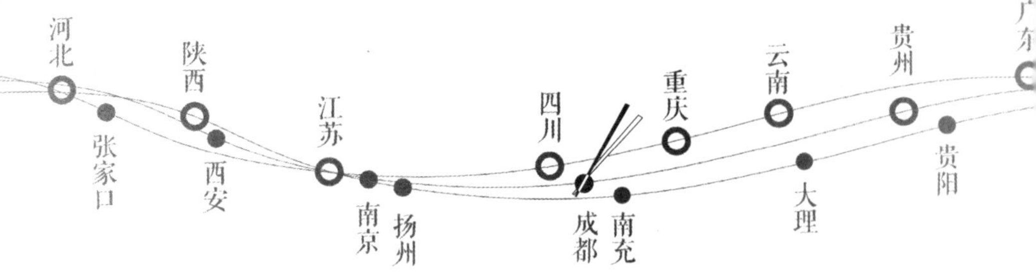

甜水面

去文殊院之前，在洞子口张老二凉粉店吃了一碗甜水面。

知道甜水面很久了，可是吃到嘴里不过是这几年的事情。2012 年 11 月，北京电视台生活频道拍摄六集美食纪录片《北京味道》，其中一个场景是我和我的朋友们在一家餐厅聚会聊天。那天我们去了一个成都女生开的贵州菜餐厅“胡同四十四号厨房”，老板黄榛说做个成都的小吃给我尝尝，于是我第一次吃到了甜水面。先甜后辣的味道、硬硬筋道的口感，这就是甜水面给我留下的印象。黄榛说，试着做的，味道还没有调好。那天忙着拍摄，混乱中没来得及向黄榛请教甜水面的道道。

九吃是成都有名的吃货，供职于著名的烹饪杂志《四川烹饪》，因为职业的关系，九吃吃遍了成都大街小巷里的各种美食。去洞子口张老二凉粉店吃早餐，就是九吃给我的建议。文殊院是西南地区著名的寺庙，也是成都一个著名的旅游景点，每天都有很多游人和善男信女来这里游览、上香。成都一些著名的小吃在这里纷纷开设分号。去张老二凉粉店的路上，见到了龙抄手、陈麻婆豆腐、钟水饺、周新华三大炮等门店。九吃说，这些都是做游客生意的，味道一般，价格高，成都人一般不会去。倒是门面破旧，店面逼仄的洞子口张老二凉粉店是成都人经常去的。

进门坐下，要了各种凉粉和甜水面，不一会儿，吃食就陆续端了上来。这一次算是吃到了正宗的甜水面。不大的碗里有几根像小手指一样粗细的面条，白中泛黄的面条上撒着调味料。拌匀之后，面条呈红色，吃到嘴里，先是甜香，后是麻辣，面条硬硬的很是筋道；细品之下，面条筋道的口感和调味的丰富逐渐显现出来，蒜泥的生辣、芝麻酱的油香、甜酱油的甜味和红油的辣香、花椒的麻味混合出特殊的香味，吃起来很是过瘾。

在成都卖甜水面的小铺很多，这些小铺除了甜水面之外，一般都会有凉粉、凉面等吃食。一家小店同时出售这三种吃食，大致是因为甜水面的调味料同样可以用到凉粉、凉面上，虽然同是以麻辣为主味道，但是用量的不同还是让凉粉、凉面有着和甜水面不同的味道；同时，凉粉的细嫩和甜水面的硬韧在口感上有着强烈的反差，吃起来各有其趣，可谓妙哉。小吃食，大道理。中国人对吃讲究，即使是不起眼的小吃食，也要琢磨出道道来，吃出感觉来。

甜水面在和面时加了一些食盐，这样不仅增加了面条的韧性，也让煮熟的面条虽然粗，但是里外味道一致，不会有咸淡不均的感觉；面条煮到刚刚断生时，捞出来晾凉，再均匀刷上菜油，有人要吃时，放到滚水中煮一下拌上调味料就可以了。甜水面的调味料也很讲究，除了红油辣椒、蒜泥、芝麻酱、花椒粉之外，最重要的就是甜酱油了。它是用酱油、八角、桂皮、甘草、山柰、小茴香、花椒、生姜、红糖等一起文火煮数十个小时而成，液体黏稠呈棕红色，咸中带甜味。只有这样的酱油才能使拌好的甜水面颜色红亮，甜中有鲜，甜中有辣，麻辣甜香，味道醇厚。

复合味是中式菜肴与西式菜肴很明显的一个分界，这个特点即使是在一个普通的民间小吃上也可以见到。甜水面虽是成都街头价格低廉的日常吃食，但制作之精细、调味之精妙，可谓是对中式复合味做了最好的注脚。

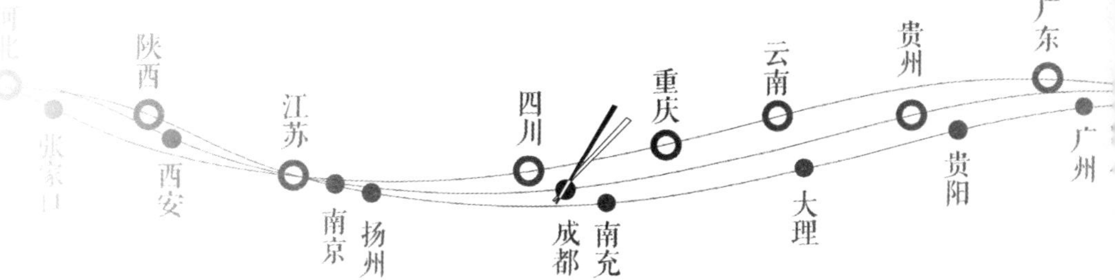

火锅，成都与重庆

落地成都，向导带我们去吃火锅。一行人在锦城印象火锅酒楼坐满了两张桌子，酒水饮料上来了，毛肚鹅肠酥肉百叶也上了，桌上铜锅红波翻浪，热气裹着钻肠入胃的香味，彼此看了一眼，开烫吧！

也许是在飞机上没有吃东西，与午饭的间隔有些长了，也许是锦城印象酒楼火锅的味道真的很好，这餐饭我觉得不错，吃了很多。不知道成都的吃货们怎么看待这家火锅店，估计他们能有更好的推荐，但是对于一个没有时间、精力和能力尝遍成都火锅的外地人，真心觉得这家的火锅不错，是我喜欢的火锅味道，并且觉得在成都吃火锅硬是比在北京吃得安逸、巴适。成都的水土、气候，冬天的温度、湿度，和火锅这种吃食实在是太般配了！

记忆中的味道

火锅，尤其是麻辣口味的火锅，在川渝地区很是流行，什么季节都能吃，什么食材都能烫。即使是在潮湿闷热的天气里，川渝地区也随处可见人们挥汗如雨地同时狂啖火锅的景象。吃火锅已经成为川渝地区人们的生活习惯，甚至是一种生活方式，深深地刻印在他们的日常生活中。

比较川渝两地的火锅，个人喜欢成都地区的多一些。相比于重庆地区的大麻大辣，成都地区的火锅虽然也以麻辣为主味道，但是要比重庆地区醇和许多，比较适合能吃辣且不是以麻辣为主要口味的人们。麻辣减轻了，食物的味道丰富了许多，口感上也可以体会到不同食材带来的咀嚼快感了。

我这样说，肯定会被重庆火锅的拥趸拍砖，大概这也是没有办法的事情。“食无定味，适口者珍”，饮食体验实在是一件很个人、多少有些主观色彩的事情。川味火锅起源于川东，川江上的船工是最早的发明者、享用者、传播者，从最早的瓦煲作为容器、船头江边随意烫食，到后来有挑担者走街串巷售卖，火锅在川东、重庆地区算是深深扎了根。不过上岸开店经营的火锅店形式，历史并不长，不过是上世纪 30 年代的事情，也就是这个时候重庆街面上才出现坐地经营的火锅店。川渝本是一家，作为川菜集大成之地的成都把重庆火锅拿过来，加以改造，便有了成都风格的火锅，并由此向全国输出。诞生于重庆码头的大麻大辣、刚烈油重的火锅，西行到了气候温和、地势舒缓的锦官城，性格温柔细腻的成都人自然要按照自己城市的特点对它进行一番改造。其中最大的变化就是降了麻减了辣，让重庆火锅呈现的刚猛在成都变得温顺柔和了许多，这大致和成都人的性格有关，和成都的地理环境、气候环境有关，更和成都人在饮食上的挑剔有关。成都人的改变，丰富了麻辣的内涵，让川味火锅有了几分优雅妩媚……

重庆没有直辖以前，很多重庆火锅都是先开到成都，然后以成都为跳板走出四川盆地的。这种传播路径和川菜形成与传播的路径基本一致。1997 年重庆直辖以后，这种形式与路径才开始改变，于是，川味火锅更快更广地在大江南北流行开来。

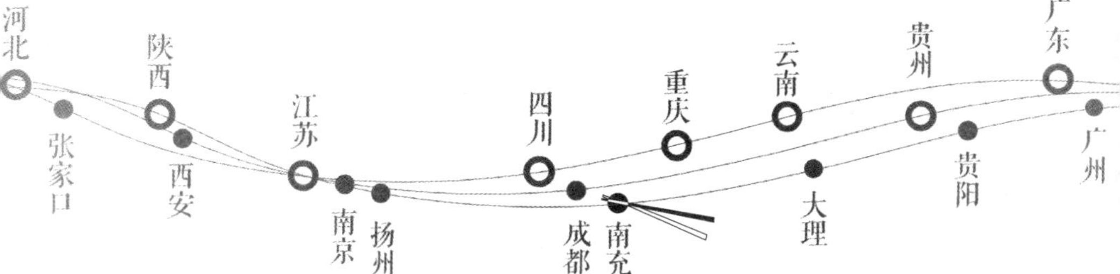

川北凉粉

李姐今年六十岁了，以前在南充市的一家国营小吃店工作，和凉粉、小面、锅盔打了二十多年交道后，小吃店从国营改制变成个人承包，李姐下岗回家了。歇了一段时间，四川女人勤劳肯吃苦的性格让李姐坐不住了，想着自己才40 岁，正是干事的黄金年龄，就此养老太对不起自己了。李姐离开了麻将桌，出门在街上走了几圈，看上了一个铺面房，便拿出下岗的遣散费开了一家小吃店，重新和那些熟悉的凉粉、小面、锅盔打起了交道。

四川是美食大省，每个市县都有扬名于外的风味饮食。但是仔细考察四川美食的分布，会发现绝大多数的大菜、小吃都出自川南。按照四川朋友的说法，乐山不仅出厨师，而且以小吃种类多、味道好享誉四川吃货当中。2014 年在峨眉、乐山、眉山、成都几个城市转了一圈，每天不间断的美味陪伴，让我对朋友的说法深信不疑。从地理环境和气候条件来看，川南的平原、丘陵要比川北的高山峻岭更适于人们生活，亚热带的气候条件让川南雨水丰沛、四季温暖，比川北地区的暖温带气候更适于作物的生长。长江水道带来各地的物产和做生意的商人，商贸的发达促进了服务业的发达，烹饪水准也就水涨船高了。而且川北出川之道多是李白《蜀道吟》中千般慨叹的“难于上青天”的蜀道。这样比较下来，也就不难明白为什么川南美味多过川北了。在我的记忆中，川北地区给我留下记忆的美味大概就是灯影牛肉和川北凉粉了。川北凉粉的老家就在南充，李姐曾经服务过的那家小吃店就是川北凉粉专卖店。

川北凉粉的老家虽然是南充，但是南充的朋友提醒我，在南充挂着“川北凉粉”招牌的店家做的川北凉粉，南充人是很少照顾他们生意的。他们认为这些店做的川北凉粉不地道，不是他们从小就熟悉并喜欢的味道。问朋友这是什么原因，没想到川北凉粉的变迁还真有一段故事。

川北凉粉流传多年，只是一种凉粉的名称，民间都在使用，没有什么商标权益。改革开放以后，重庆有位商人不知是出于什么动机，抢在人们商标意识觉醒之前注册了

“川北凉粉”，把这个流传了多年的民间小吃的商标权拿到自己手里，利用这一法律优势，不再让其他的川北凉粉店用“川北凉粉”的名字，只能叫豌豆凉粉或是凉粉。不知道是这个商人不用心还是天意，或是两者兼而有之，川北凉粉在他手里并没有做大，也没让他赚到多少钱，可是在南充却很少见到川北凉粉的幌子了。

重庆商人的失败让一个南充的年轻人看到了希望，他从重庆商人那里买来了“川北凉粉”的商标，开始了他的连锁经营扩张。因为是南充人，他对南充市内的凉粉店暗中进行了一次调查，然后开始维权，除了他自己开的，凡是挂着“川北凉粉”招牌的店面一律不准再用这一名号。李姐的小吃店开业没多久就遇到了这样的事情，想想有些憋闷。不过事情已经到了法律层面，弱小的李姐也无能为力。

摘下“川北凉粉”的幌子，李姐的小吃店改名叫“川北秀英小吃”，主营凉粉、担担面和酸辣粉。秀英是李姐的名字，用自己的名字当店名，也许是无奈，也许是李姐还想做个自己的品牌。参加工作就和川北凉粉打交道，如何做出一碗好吃的凉粉，李姐心里是有底的。凉粉好吃，一个在凉粉的品质，一个在调料的味道，这两样东西是李姐四十多年里一直接触学习操作着的，像熟悉自己老公那样的熟悉。李姐说，我没想做大，只想把自己学到的、掌握的东西做好，挣几个钱养活自己、贴补家用。

做事么，认真就是了。豌豆用最好的，一丝不苟地煮、一丝不苟地磨、一丝不苟地把豌豆粉做成一个大坨坨；辣子选最好的，自己碾成粉，用上好的菜油炸得香香的。只要客人喜欢，每天就有生意了。这样的原则李姐一直坚持着，二十年过去了，秀英小吃店换了几个地方，生意越做越好，现在开在紧挨着南充火车站的一条街上。生意好的时候，六元一碗的凉粉一天可以卖出一千多碗，如果再加上酸辣粉、担担面和配着凉粉吃的锅盔，秀英小吃店的日收入大概有一万五千多元。几十平方米的小店有这样的收入是相当可观了。加上店面是买下来的，李姐既是厨师又是收银员更是老板，管理费用少得可怜，小店的收入自然早已超越了贴补家用的境界，成为李姐的摇钱树了。

我要了店里的主要产品凉粉、酸辣粉和担担面。南充的朋友告诉我，吃川北凉粉是要配着锅盔吃的。川北凉粉夹在锅盔里吃我还是第一次尝试，吃得到豌豆的香气，辣子调得香，锅盔脆韧，凉粉爽滑，吃起来很是过瘾；担担面面条筋滑，汤鲜臊子香；酸辣粉口味较重，我吃了两口放下来，没想到酸辣的味道妻子喜欢，吃完了一碗。

李姐说，现在没有什么压力了，每天开门就有生意，流水平日里差不多，节假日的时候会忙一点，但是流水也会多一些。生意做顺了，操心的事情不多，平日里的谨慎多是用到了保证出品的质量上。我去的时候，李姐刚刚做完一千斤红油，走进厨房，就闻到了香气。打趣地问李姐有什么秘诀，李姐说，凭良心，不骗人呗。说完，李姐笑了，笑容有一点羞涩还有一点得意。

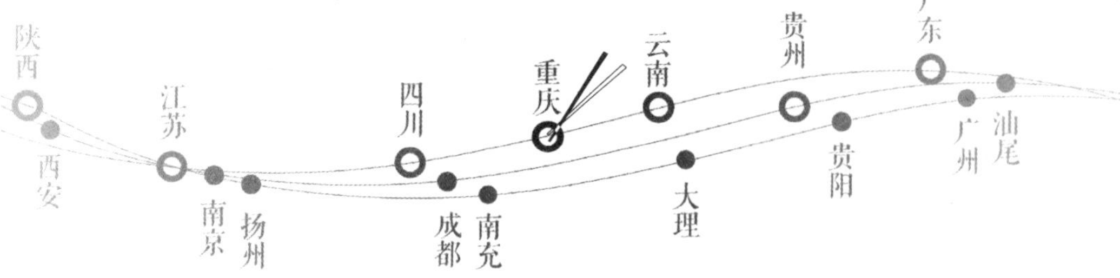

李子坝梁山鸡

北京的家住在沙滩那里，往西不过 300 米就是景山公园和故宫博物院。每到黄金周，家的周边都会挤满了游客，原本安静的胡同小巷，变为人声鼎沸、车水马龙的闹市，出行变得异常艰难。10 月 2 日那天和妻子出去吃午饭，200 米的路开车用了 32 分钟，几乎就是在龟行。既然北京人多，那就离开她去别的城市待几天吧。妻子说她没去过重庆，我说那就去吧！

飞机只晚了 20 分钟，落在江北机场的跑道上，于是我们到了重庆。 因为糖酒交易会马上就要在重庆举行，酒店的客房很紧张，多亏富力凯悦酒店的行政总厨禤先生为我留了一间行政楼层的房子，可以让我们坐在 26 楼的高度俯瞰小雨中的观音桥商圈。

简单收拾一下，重庆的朋友接我们出去吃饭。过桥穿江，在嘉陵江边李子坝那里停下来。朋友说，李子坝梁山鸡在重庆火了很多年，至今依然要排队。我们是7点钟到的，门口已经排到了二十几号。进门下楼，在二楼拐角处的一张桌子前坐下。妻子对进门往下走感到奇怪，其实重庆有很多这样的房子，房子从江边建起，依山势往上，不同的楼层前后是不同的道路，于是就有了这种从四楼进门在二楼吃饭的现象。平原地区的人们没有见过，在山城重庆却是很常见的事情。

满满的红红的一个铁锅上来了，汤汁上浮着细长的沙参和圆圆的芋艿，鸡肉带骨斩块藏在汤汁里。吃一块，微微有药香，但还没有盖住鸡肉的香气。鸡肉炖得入味，药香伴着肉香还算适口，回味时麻辣的感觉并不强烈，倒是淡淡的药香很是持久。这样味道的吃食在重庆还是第一次吃到，不明白追求重口味的重庆人怎么开始喜欢养生滋补的汤锅了呢。也没明白这种口味的菜式，怎么能在重庆这个江湖菜式各领风骚两三年的城市里火了十多年。

按照重庆当地朋友的说法，李子坝梁山鸡有很强的滋补性。在烹制过程中，加入了昆布、百合、山药、龙眼、黄花、大枣、桑葚、黄荆子等十余种滋养食材。这种说法我一直觉得忽悠的成分大一些，道理上讲，中药最忌讳的是辛辣油腻，可是梁山鸡的做法可谓是辛辣油腻皆有，这样的菜品是补药还是毒药呢？不过李子坝梁山鸡的选材还是很严格的，据说有 12 个硬性的标准：一定是生性好斗的贵州六盘水跑山鸡、生长期 10 至 12 个月、五至八斤、鸡冠血红、以大山绿色植物和昆虫为主食等。用的佐料也是精挑细选，生姜用的是贵州黄桷树黄口姜，辣椒是头伏季节收摘的贵州乌红鸡心椒，油是初榨农家菜籽油，绿色、鲜香。最关键的调味品是店家自己泡制的老坛泡菜，泡菜的坛子都是 15 年以上的，泡制时间一定要超过 160 天。

吃完饭从二楼上四楼离开餐厅时，店家的一条标语惊呆了我——“缺斤少两死全家”。天呀，店家敢做这样的承诺，看来不仅是分量上足斤足两，隐约还透露出对自己的手艺、对自家菜品的足够自信吧！

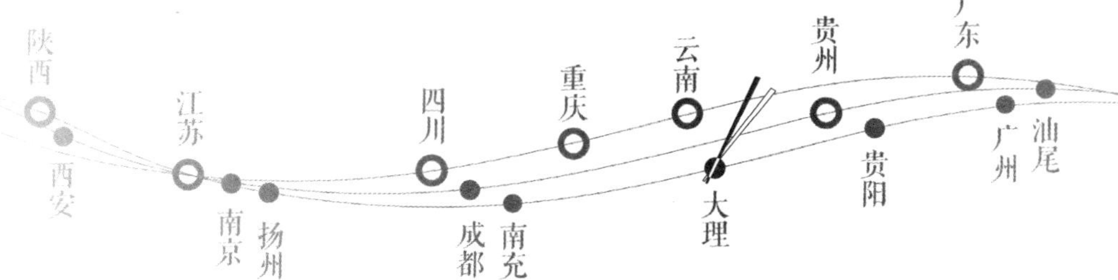

天龙阁的晚餐

大理人是这样区分大理的：游客如织的那个地方是大理古城，大理白族自治州行政中心所在的那是大理市，当地人叫作下关。所谓大理自然风光四绝的“风花雪月”之下关风、上关花、苍山雪、洱海月中的“下关风”，就是大理当地人说的大理市了。如今，中国的城市建筑基本上是一个模子倒出来的，游客来到大理当然是去古城那里看老建筑，走在石板路铺成的街道上，遥想南诏国当年的辉煌、大理国王子段誉的风流，或者泛舟洱海观云赏月，很少有人会去行政中心看和自己家乡一样的水泥楼房。不过如果想吃点好吃的，我倒是建议你去下关区那边看看、转转，行政中心所在地总会有一些不错的餐厅。我们去的天龙阁就在下关区那边的鹤庆路上，看到大理水文局大楼拐弯进去一百米，就是让我们吃美了的天龙阁了。

餐厅开在一座白族传统建筑里，有些像北京传统的四合院。院子里有假山流水，绿植繁茂，包房借用了苍山十九座山峰的名字，回廊把包房串联起来，凸出处做了饮茶的亭子。我们到的时候，餐厅门口停满了车，院子里人声鼎沸，身着民族服装的服务员蝴蝶般往来穿梭于包房。坐在院子里喝茶等着外出拍摄的朋友赶过来，天色暗下来，苍山云海慢慢暗淡依稀，包房里灯光明亮起来，吃饭的时间也到了。

来这家餐厅吃饭，和我的好友刘新有关。刘新是云南人，厨师出身，在北京开了家泓泰阳云南风味餐厅。餐厅开在东五环外一个机关的院子里，虽然位置偏僻，但因为菜品特色明显，做得认真，一直都有不错的生意。为了丰富自己餐厅的菜单，他每年都要回云南很多次，几乎走遍了云南所有地州，去年夏天在大理梦蝶庄品尝过刘新做的菌菇宴，很是赞赏他的创新意识和调味水平，他的菌菇菜式为云南山珍菜肴发展提供了有益的思路。

刘新在云南有很多做餐饮的朋友，他推荐的地方肯定能吃到不错的菜品。在即将进入云南的时候，我打电话给刘新，请他给我推荐在大理吃菌子的餐厅，刘新想了一会儿，建议我去天龙阁，并细心地把餐厅的地址、电话发给了我。听人劝吃饱饭，听行家劝，自然能吃到好味道，天龙阁果然给了我们惊喜！

大理的全称是大理白族自治州，辖区内白族人数很多。同行的张鸣老师介绍，白族是少数民族中文化历史底蕴比较深厚的，也是接受汉文化比较多的一个民族，这一点从大理古城的规模上就能感觉出来。西南边陲，古镇很多，但是很少见到有大理古城这么大的。有文化有历史的地方就一定有美食，大理具有苍山洱海之利，水产山珍种类繁多；民族饮食丰富，特色显著，成就了大理饮食的丰富多彩，当晚的菜式大致可以做个说明。鹤庆的吹肝、宾川的猪皮、弥渡的卷蹄、洱源的乳扇各具特色，雕梅木瓜煮洱海鱼更是把大理食材特点发挥得淋漓尽致。用果酸果糖煮鱼，去腥增鲜效果明显，而且让菜品有了自然之美，这样的调味方法在中国各大菜系中，云南菜做得最为恰当。天龙阁餐厅把大理所属区县的特色饮食汇聚一堂并加以改良，让我们得以尝到多种白族特色菜品，只是因为人少桌子小，还有诸如喜洲粑粑、凉鸡米线、木瓜鸡、雕梅扣肉等未能吃到。

九月正是云南各种菌子上市的季节，到了大理自然不能错过菌菇美味。这一餐我们吃到了牛肝菌、见手青、早谷菌和鸡枞菌。牛肝菌、见手青都是用云椒加干辣椒炒的，吃得到菌子的清香；早谷菌是第一次听说第一次吃到，虽然香气不如牛肝菌，但也增加了我对云南菌菇的认识。鸡枞菌用了火锅烫食，在加了猪骨汤的鸡汤里滚透捞出，鲜甜之味难以言表。想起作家阿城在《常识与通识》中说鸡枞菌之鲜时，说他怀疑鸡枞菌大概有麻痹进食神经的作用，鲜得让你停不下来，吃撑了也没有感觉。好吧，谢谢阿城提醒，我吃了几条菌喝了两碗汤，虽是意犹未尽，但还是放下了筷子，鸡枞菌虽然美味，还是适可而止，见好就收吧！

吃云南菜，在北京和大理的感受很不一样。北京的云南菜餐厅无论怎样做，也是在努力还原云南菜的特点，由于气候、水土、原材料的关系，北京的云南菜总是要比云南当地差一口气，两者比较之后，大致能够感觉到差的是那种与当地水土风俗的血肉关系。有些东西只能是在当地的环境中才有可能淋漓尽致地展现出来，这也是古训“不时不食”的一个基本要点：当地当季的才是最恰当的。

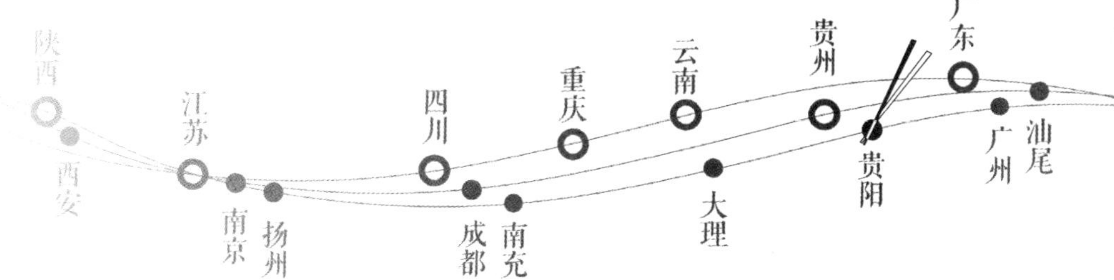

吃了一碗牛肉粉

到贵阳歇息一晚后，朋友安排我们去毕节百里杜鹃看花。车行三小时，到了人山人海的景区，爬了800米的坡路，看到了满山开放的杜鹃花。天气有点热，感觉花也有点蔫了，等到山风吹来汗水落尽，心情好了起来，再看花，开得很是炫目夺彩。景随心生，过去说这是唯心主义，不过我倒是愿意相信这样的说法。景色美不美和观赏者的心情有着直接关系，心情不好，好吃的东西入口也味同嚼蜡，这说法与赏景是相同的。

杜鹃景区在贵州毕节地区，这个地区是贵州省的贫困地区，贵州本就属于贫困地区，可想而知毕节人生活的艰难。

在入住的酒店晚餐，朋友点了几个认为不错的特色菜，结果是比我们料想中差了不少，基本属于弄熟了就上来了。这样的饭菜让同行的一个九零后姑娘迫切地想回到贵阳去，她对我说：叔叔，我请你吃最好吃的牛肉粉。看来姑娘真是急了，贵阳那么多好吃的，她只想到了家门口的那碗牛肉粉。

回到贵阳已经快一点钟了，大家决定跟着姑娘去吃牛肉粉。在贵阳在毕节都吃了米粉，但是没吃到好吃的粉，除了味精味之外，基本上没有别的味道了。姑娘带我去吃的这碗牛肉粉能有多好吃呢？很简单，我用加了一份粉的行动证明了姑娘的话是可信的，也许这是我在贵阳吃到的最好吃的一碗牛肉粉。

怎么说呢？肉香，筋糯，肚脆，粉滑，汤鲜。一碗没过瘾，加了一碗吃下去才算踏实了。有人说受不了贵阳酸粉的那股酸臭味，我吃了两碗，倒没有这样的感受。

姑娘告诉我，这里的粉用的是酸粉，酸粉只有贵阳人喜欢，出了贵阳就没有酸粉吃了。酸粉比一般的米粉粗一些，米的浓度也比一般的米粉高一些。因为在制作时有轻微发酵，故而有些酸味。只有贵阳人喜欢这种带酸味的米粉，其他市县的人不吃，而且酸粉的保质期不到一天，因而显得比其他米粉金贵一些，除了贵阳，贵州其他地区基本不做。

也正是因为这样的原因，在米粉遍布的贵州省，酸粉成为贵阳的特色小吃。

在南方很多地区都有酸味的米粉，有的是米粉本身发酵带来的酸味，有的是食用时辅料和调味带来的酸味，无论酸从哪里来，都是一碗惹味的、令人胃口大开的米粉。广西很多地方吃米粉时会加入酸笋，柳州螺蛳粉、南宁老友粉都是这样，米粉上桌有股浓浓的酸臭味；海南陵水酸粉用酸香并重的酸酱和醋汁调味；广西宾阳酸粉用的是生榨粉，米粉本身就有一股发酵的酸味，再用米醋和酸汤水调味，酸的层次更丰富了。

我所吃过的几种酸味米粉都挺好吃的，因原料不同、调味不同而呈现出不同的酸鲜香美。凉拌的宾阳酸粉除了要加上浸泡过陈皮、八角等香料的米醋和酸汤水之外，还要加上叉烧肉、炸花生米、酸黄瓜、辣椒、蒜末等调味，酸辣鲜爽，想想就有口水；海南陵水酸粉用的是细粉，煮熟后用特制的卤汁和醋汁调味，配以沙虫、牛肉干、鱼饼、鱿鱼丝、花生米、韭菜和香菜等佐料，成为一碗味道丰富的米粉；柳州螺蛳粉吃得到螺蛳味见不到螺蛳肉，用螺蛳煮汤，要的是螺蛳的鲜味，加上酸笋和其他辅料，便是一碗酸臭并举、鲜美横行的螺蛳粉了。如果说米粉家族是个百花园，这些酸味米粉就是百花园里的几朵绚丽的小花。

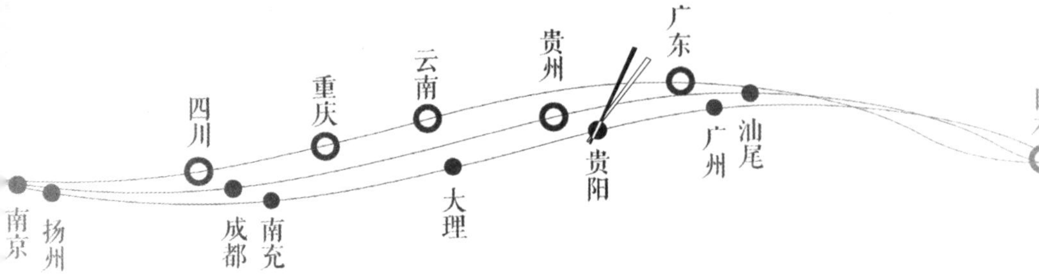

好山好水好食材的贵州

贵州四日，三天待在贵阳，一天去了大方。大方在毕节，那里的杜鹃花很多，漫山遍野地开着。这次到贵州，就是为了看百里杜鹃。只是因为自己的奔波劳碌没能赶上盛花期，为今后再来贵州留下了理由。

原本还想去看看在毕节威宁养猪做火腿的女诗人曹臻一，司机告诉我还有二百多公里的路程，只好再找时间去了。

四天里吃的都是贵州风味的饭菜，在毕节那一天的吃食可以忽略不计，旅游景点的吃食多半惨不忍吃，不说也罢。在贵阳吃了三顿正餐，其余就是各种粉面了。盐务街那家牛肉粉不错，再来贵阳会去的。

正餐吃的都是贵州菜，其中陈府的老板运动员出身，退役后做餐饮，专注贵州食材，致力于自己理想中的绿色、特色食材，出品的模样虽然不太讲究，但是味道还真心不错，包汁牛肉、野蒜炒牛肉末、青菜火腿土豆泥、火爆鳝段、豆腐干回锅肉等，都有不错的味道。陈老板调的蘸水很香，味道也丰富，结尾时，我用包汁牛肉的汤水泡饭，吃光了两份蘸水。这餐饭是一个小朋友帮忙订的，她的口味显然比她爸爸、我的好友聪明许多。

包汁牛肉：新鲜的黄牛肉稍烫即熟，蘸点特制的蘸水，微辣回甜。

豆腐干回锅肉：豆腐干比肉好吃，韧韧的有肉香。

野蒜炒牛肉末：野蒜在贵州又叫苦蒜、野葱，微苦难掩清香。这个菜太适合拌饭或是夹在火烧、烙饼里吃了。

火爆鳝段：老板特意从安顺买来了野生黄鳝，如果油少一些就更好了。

鸡腿菇炒叉烧肉：这个我也喜欢吃，因为没有辣椒，可以放心多吃一些。

来了贵阳很多次，这家餐馆是第一次来。老板过来敬酒，说他就想打造一家用贵州各地好原料做菜的贵州风味菜馆。与东部地区相比，贵州餐饮水准相对滞后，但是贵州有好山好水以及特殊的地理环境，有很多鲜为人知的原生态好食材。如果真把这些好东西聚拢在一起，做成一个贵州好食材（好味道）系列，也许可以成为贵州菜（贵州风味）走向全国的一个突破口。

那天和多彩贵州网的朋友聊天，话题围绕着贵州菜如何走出贵州、走向全国，我的观点是，作为餐饮水准相对落后的地区，最好不要想着把整个地区的风味作为一个整体（或者说作为一个所谓的菜系）推出，这种追求大而全的做法往往不会有太好的效果，倒不如找到几个特色菜肴、特色风味作为突击队，以点带面，让贵州特色风味由此走向全国。

餐饮水准相对落后的地区，在体系上、传世名菜、成规模的宴席等方面都难以与餐饮发达地区一论短长，如果是聚合起来做全面推广，等于是用己之短攻人之长，效果如何大致可以想象得到。有个多用于贬义的成语叫“攻其一点，不及其余”，是指对于人或事不从全面看，只是抓住一点就攻击。如果从另一个层面解释，做足一点之利（锐利、尖利），打开突破口，站稳脚跟，其后果肯定会波及其余的。当然这只是我在聊天过程中突然闪出的一个想法，简单粗暴不成熟，可行性就更无从谈起了。写出来，就算扔一块砖吧。

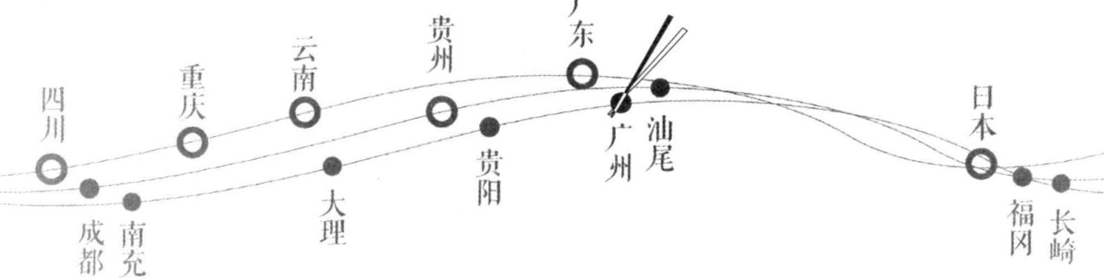

煲仔菜

一次，在一家粤菜餐厅吃饭，饭局正酣之时，服务生端着一个吱吱作响的砂煲走过，砂煲内泛出的浓浓香气让我和朋友的眼神跟着它走了一圈，收回目光的时候，我们不约而同地说：来一个尝尝！于是餐桌上多了一个煎焗鱼嘴煲。鱼嘴上可吃的东西不多，只是因为嚼着鱼骨能感受焗出来的香味，便多嚼了几口。精华在于鱼唇间不大的那一块黏唇沾齿灵动滑嫩半透明的胶质状鱼肉，软滑中的缕缕焦香真是过唇难忘。

用砂煲烹制菜肴，是粤菜中的寻常菜式，广东人叫它煲仔菜。煲仔菜虽然是广东风味，但是随着粤菜北伐以及菜系间的交流融合，煲仔菜逐渐被各地的人们所接受、喜欢。

尤其是到了冬天，添衣暖身之外，吃饭的时候，也喜欢叫上几个既香又热的煲仔类菜肴。砂煲上桌，香气揭盖而出，热乎乎、香喷喷的，那股温暖热在嘴里，暖在心头。

煲仔菜讲究原汁原味，贴近生活，菜品原料宽泛易得，烹调方法简便易行，不过要想做得好吃，还是有些门道的。其中最重要的一点就是：砂煲既是烹饪的器具，同时也是装菜的容器。煲仔菜要好吃一定是在砂煲中烹制菜品，而不是用别的器具做好以后放进砂煲上桌的。先将食材煮好，再放入煲仔内上桌，煲仔只能发挥其保温作用，却少了那股焦香味道。想要煲仔菜做到香气四溢，除了要把煲仔烧得“红”（热透），酱汁也绝对不能水汪汪，必须煮至将干未干，保证食材吸尽酱汁的精华。酱汁是煲仔菜另一个诱人之处，惹味酱汁只要沾到烧红了的砂煲边，便会发出吱吱的声响，热煲蒸腾着酱汁和原料混合出的香气，令人垂涎欲滴，食欲大增。

砂煲在这里既是容器又是炊具，作为容器保温性能好，能够长时间保持菜肴的热度，正好应了“一热顶三鲜”的厨房俗语。再说说作为炊具的砂煲，因为上面有很多细孔，有利于锅体对汤汁的吸收，使得食物的口感和风味更加香醇、持久，这就是在冬季里人们喜欢煲仔菜的重要原因了。

煲仔类菜肴具有很大的包容性，无论鸡鸭鱼肉还是鲜果时蔬，基本上都能做成煲仔菜式。这种宽泛的选择，使得煲仔在对食物搭配、味料选择以及火候掌握方面的要求极为严格。煲仔菜制作起来不算太难，但是要做成精品、名品，需要厨师对器具、食材的理解深入再深入才好。同时，要是能掌握一些营养学、烹饪学原理就更好了，多用一些适合砂煲焗、焖的食材，保证其在高温焗、焖过程中味道更佳，营养元素少流失。如果没能做到有意识的把握，就踏踏实实地做好传统的煲仔菜式，几十上百年的流传，总是有它存在的道理的。

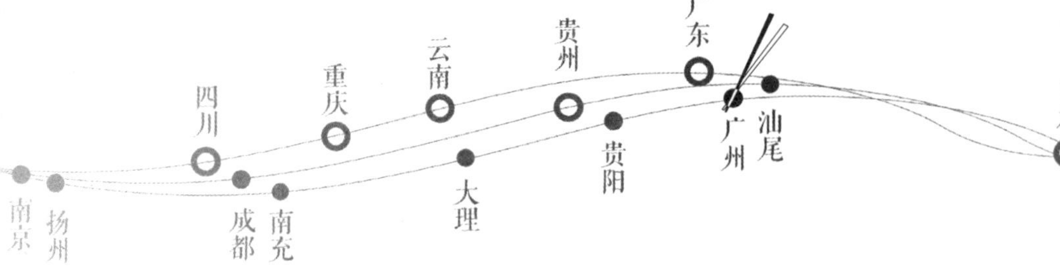

锦和路边鸽

搜鲜到广州，朋友陈大咖开车带我去了同和收费站边上的锦和酒楼。酒楼是以人名命名的，锦和，欧锦和，人称和哥，广东厨委会会长。这是个牛人，在粤港餐饮界名气很大，获得过很多荣誉，也开过自己的酒楼。有段时间离开了人们的视野，在美国待了一段时间后，回到广州，在同和那个地方用自己的名字开了家酒楼，主打滋补菜肴和传统粤菜。我们去的那天晚上，酒楼正在推广海参菜肴，按照和哥的说法，就是“秋季进补，海参最佳”，他给这次推广起了一个好听的名字：爱在“参”秋。

当晚和哥做了很多款海参为主食材的菜肴，可是给我留下深刻记忆的却不是这些滋补强劲的海参菜肴，而是一道以和哥名字命名的乳鸽菜式：锦和路边鸽。温凉上桌，简单素雅。卤得好，制作精，火候恰到好处，皮爽滑，肉细嫩，汁水鲜，味道美，真是一道唇齿留香、手有余味的妙馔。

乳鸽入菜，粤菜厨师最有心得，这其中又以中山市最为有名。20 世纪 90 年代初的那几年，我在广州一家公司上班，有了空闲时间便去各地游逛，看看市井民俗，顺带尝尝当地的美食。中山是我常去的一个地方，因为那里有很多好吃的。有时出差到珠海，回程时会特意转道去中山，吃吃钵仔禾虫、喝碗蕉蕾粥，当然石岐乳鸽是每次必点的。中山盛产乳鸽，体大肉厚，肉质细嫩，是乳鸽中的名品。在中山，乳鸽的做法也多种多样，脆皮乳鸽、油浸乳鸽、卤水乳鸽、红烧乳鸽等，无一不是食客追逐的美味佳肴。

欧锦和师傅是中山人，可以说是吃着乳鸽成为粤菜大师的。他告诉我，选择做厨师这个行当，和童年时乳鸽的诱惑有着很大的关系。虽然说中山是乳鸽之乡，但是在欧师傅幼年时期，吃一次乳鸽也不是件容易的事情。当时大家的生活水平都不高，只有在年节或是什么特殊的日子里，才有可能吃到乳鸽。如今在自家餐厅里增加乳鸽菜式，不仅是满足了广东人喜欢乳鸽的市场需求，同时也有自己对乳鸽菜式的钟爱和乡愁的暗示与指引。

在锦和酒楼吃的是路边鸽，在我看来就是卤水乳鸽。用“路边”这个很大众、很家常的词来定义自家的乳鸽，大致是要表达自己的亲民色彩。“路边鸡”曾经在广州风靡一时，20 世纪 30 年代，谭姓师傅在广州广大路开了间大排档，谭师傅行九，排档的名字就叫“九记”，主打产品是白切鸡。因为手艺精、味道好，生意很是兴旺。店里坐不下时，客人便蹲在店外的路边吃，这个场景被下了晚戏的粤剧伶人看到，“路边鸡”脱口而出，九记白切鸡由此成了九记“路边鸡”。

把流行已久的“路边鸡”套用到自家的乳鸽上，欧师傅显然是用了一番心思。不过虽然叫作“路边鸽”，但是并不是路边鸡的做法。九记路边鸡是白切鸡，滚水浸熟，配蘸料吃；锦和路边鸽是卤水浸熟，吃时不用蘸料，完全靠卤水的滋味。至于味道么，不仅要看火候，还要看卤水滋味如何，欧锦和师傅的卤水乳鸽可以算是类中妙品了。

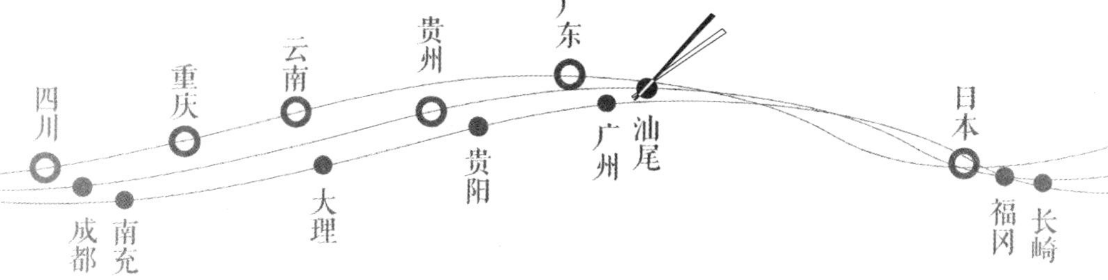

汕尾小吃——菜茶

飞机晚了一个小时，赶到深圳举人爷餐厅的时候已经是晚上 8 点了。三个半小时的飞行加上延误等待的焦急，此时的我已经是困顿有余、饥渴叠加了。进餐厅坐下，服务员送来菜茶。不大的杯碗里有菜叶、豆芽、油渣，还有一个装着炒米和花生的玻璃杯。我的朋友、餐厅的主人蚝爷说，先吃碗菜茶吧。

和蚝爷去他的家乡汕尾时，曾在夜市的大排档上看到过菜茶，只不过不是我眼前这个样子。草草地装在一个一次性的纸碗里，简单粗糙的样子没有引起我的兴趣，也没觉得菜茶能有什么好滋味。眼前的这碗菜茶显然比汕尾夜市的精致了许多，菜叶绿得诱人，汤水飘来的香味让我迫

菜茶

不及待地端起了碗。深圳之行的晚餐就是在蚝爷那里以一碗菜茶开始的。

菜茶，又叫壮丁茶、男丁茶，是广东海陆丰地区的年节小吃，菜是主要内容，茶在里面只是点缀，放点进去，借一点茶的香气和名义。过年的时候，在上一年添了男丁的人家，都会邀请街坊邻居到家里喝杯菜茶。清道光年间海丰举人黄汉宗亦有诗云："海丰时俗尚咸茶，牙钵擎来共一家。厚薄人情何处见，看她多少下芝麻。"这种习俗已经流传了很多年，至今仍在延续。

蚝爷是海丰人，是喝着菜茶长大的，在深圳开了自己的餐馆后，便把家乡的菜茶放进了菜单。菜茶用料繁复，大致的材料有菠菜、芹菜、白菜、米粉丝、生菜、青蒜、粉丝、虾米、瘦猪肉、香肠、鱿鱼、乌贼鱼、腊肠、腊肉、炒米、花生碎等，一碗菜茶里不一定每样都有，但是青菜、粉丝、豆芽、花生、炒米、鱿鱼、腊肠、肉是肯定要有的。冲茶（烫菜）要用鲜汤或是骨汤，然后加胡椒粉调味。海陆丰人为了提升菜茶的香味，让菜茶更加美味适口，还会用一种叫"铁脯炉"的东西，翻译成大家都能懂的语言，就是比目鱼干粉。当地人提鲜增味，多是用它，味道远比味精、鸡精来得自然亲切。想当年胶东地区把海肠制成干粉，做汤炒菜时加一些进去，味道极是鲜美。海陆丰人用比目鱼干粉，和胶东人用海肠干粉提鲜是一个道理。

菜茶原本是年节食物，过去只是在相应的时间才能吃到。社会发展了，生活富裕了，物质富足了，旧日的年节食物逐渐衍变成想吃就能吃到的日常小吃了。菜茶从年节食物衍变成日常小吃的过程，和北方人喜欢吃的饺子类似。饺子现在是想吃就吃，不仅自己在家可以随时包，市面上也有很多饺子馆，有很多种馅料做的饺子。可是早年间，北方人也是逢年过节才能吃顿饺子呢，“头伏饺子二伏面，三伏烙饼摊鸡蛋”“有钱没钱吃饺子过年”，听听北方那些关于饺子的俗语就能知道，过去饺子是有多么的金贵。

菜茶里面菜、肉、米兼有，原料多样，配搭合理，营养丰富，既有口感香味，又符合现代饮食的健康理念。香香脆脆的，一碗喝下去，滋味有了，胃口也打开了。小吃大道理，先人的生存智慧，今天依然滋养着我们这些后来者。

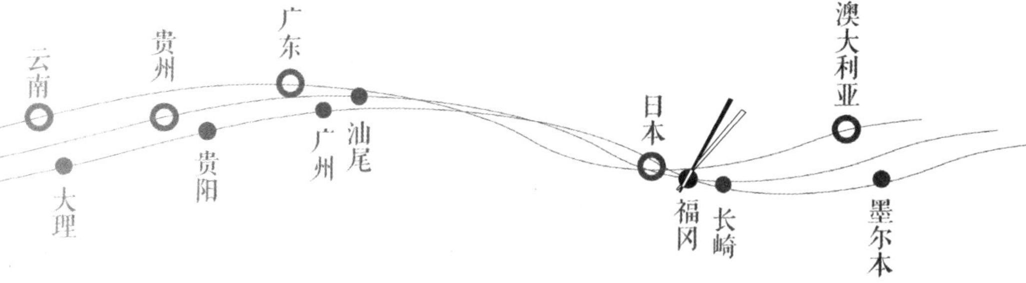

上岸吃寿司

东京时间不到 7 点就醒了，光亮从窗帘的缝隙透进来，慢慢地适应了房间里的黑暗，随后起身去洗漱。经过四天的航行，游轮终于靠岸了。按照预定的行程，今天要上岸在福冈游览。看了天气预报，福冈今天最高气温 31℃，中午时分可能会有阵雨，希望不要在我们行走的时候遇到雨。

一阵忙乱之后，坐上车前往福冈太宰府天满宫。那里有一头铜牛，据说身体哪里不舒服，摸摸铜牛相同的部位就会好起来。这样的传说在国内有许多，都是给人以心理安慰，论效果自然是很扯的事情。避害趋利是人的本能，于是铜牛的一些部位被游客摸得亮晶晶、光闪闪。

陆上观光的线路不知道是谁设计的，居然没有安排吃饭。导游说，在“7–11”随便买点就可以了。不知道别人怎么想，于我这个吃货来说，这样的设计太不人性了。于是当别人进免税店购物的时候，我带着女儿去了一家开在超市里的定食馆，要了红烧鱼头和刺身定食。女儿看到超市里的寿司很是喜欢，就又买了 10 个来吃。这里的寿司很便宜，大概是人民币 5 元一个，有三文鱼、鳗鱼、金枪鱼、鲷鱼等，因为这是一个鲜货超市，所以鱼生很是新鲜。鱼头定食一个 1280 日元，鱼生定食一个 980 日元，合人民币也就五六十元，价格和北京差不多，但是质量却要好上太多太多了。这餐饭虽然花费不多，但却是这些天来吃得最满意的一餐饭。我的一个美女朋友写过一篇文章，题目是“天下美食，唯鲜不破”，说的就是这个道理。

到朝日啤酒公司的时候，街上飘下了太阳雨，地面湿漉漉的，汽车驶过，遇到行人就会慢下来，怕激起雨水溅到行人。

雨下得最大的时候，我们回到了船上，洗完澡，天也放晴了。游轮离开福冈，追着晚霞驶向长崎。

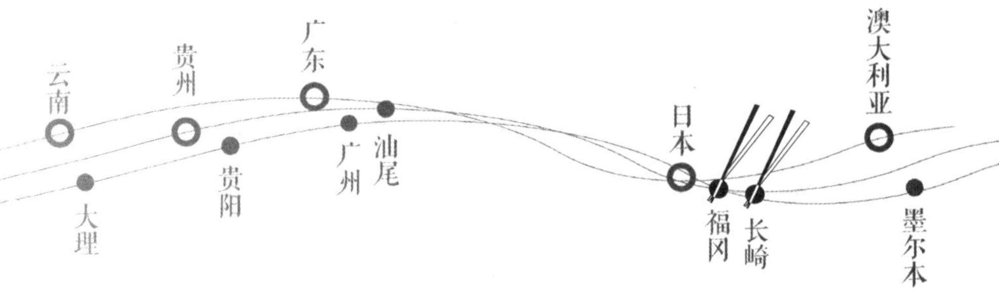

在日本吃的两顿饭

这次海洋量子号游轮的行程一共八天，周六上船下一个周六下船。在船上睡七个晚上，白天的时间五天在船上度过，两天到日本的土地上走走。两个岸上目的地选择了福冈和长崎，都是日本西部的港口城市。

福冈一站，导游安排了太多的购物时间而没有安排吃饭的时间，解决肚子问题只能见缝插针不去购物了。在福冈，当大部队都去免税店的时候，我和女儿去了免税店边上的一个市场，市场里有超市和一些生鲜售卖摊档，有饭团、定食、寿司等传统的日本饭食。原本想带着女儿吃一顿正经的日本料理，时间已经不允许我们再去市区里找专门店，只好在市场里解决了。女儿买了寿司，我要了红烧鱼头和生鱼片定食，吃完这些只用了 15 分钟，可谓是狼吞虎咽。一是因为我们确实饿了，二是留给我们吃饭的时间只有 10 分钟，三也是最根本的，就是虽然是摊档的出品，但无论是寿司还是定食，都太好吃了。摊档和生鲜市场开在一起，原材料新鲜是题中之意，加上日本人对职业的那份忠诚，对手艺的那份在乎，即使是市场售卖的寿司、摊档售卖的定食，也做得一丝不苟。和导游聊起这个话题，这个已经在日本生活了 15 年的两个孩子的妈妈说，日本人开餐馆，放在第一位的是信誉，第二位的是手艺，赚钱放到了第三位。即使是那些小店的老板和厨师，坚信只要有了信誉、保证了手艺，自然就会有绵绵不绝的生意。做餐厅赚的不是快钱，而是要长久地做下去！基于这样的出发点，信誉和手艺才是长久的前提和保证。福冈的午餐虽然简单匆忙，但是我依然在匆忙中吃到了好味道，感受到了厨师坚守的匠人精神！

长崎陆上观光的行程终于给了用餐的时间。但我不明白的是逛一个免税店给了 90 分钟时间，吃饭只给了 50 分钟，还要包括找餐馆的时间。在福冈，导游让我们去“7-11”解决午餐。在长崎，她推荐我们去中华街吃长崎海鲜面或者一种叫作“角煮”的日式肉夹馍。虽然这两种吃食都是长崎有名的美味，多数旅游者会到中华街去品尝这两种吃食，但女儿说，到了日本，为什么不吃鱼生和牛肉呢。

面条也好角煮也罢，只能算是小吃，来日本一趟，难道就是吃小吃么？对的！女儿说的对，我们要去吃鱼生和牛肉。

中华街里没有鱼生和牛肉，河对面的街口处有一家吃鱼生的餐馆，走进去全是来旅游的中国人。问了店家，连平常不开放的二楼都满座了。等有了空桌，集合的时间也差不多到了，只好放弃鱼生去找牛肉吃。

过桥转弯，迎面就是一家烤肉馆。进门坐下要了两份牛肉，嘱咐都要五成熟，随后喝着茶等。过了一会儿，烤好的牛肉上来了。我们要了两个不同的部位，一个肥一些，一个瘦一些。店家已经细心地为我们分好，每一盘中都有两种，米饭和味噌汤也跟着到了。装牛肉的盘子边上放着一些海盐，牛肉旁边是炒过的蔬菜，还有三种烤肉蘸料。

牛肉太好吃了！肥美鲜嫩，肉汁丰富，一口咬下去，那叫一个香！根本不需要什么蘸料，蘸一点海盐就足够好！口感、香味和在国内吃到的顶级牛肉相比还有胜面，可是价格连一半都用不了。真是不明白日本人怎么养出了肉这么好吃的牛！我们吃的只是长崎牛肉，最著名的神户牛肉因为店家不卖而未能吃到。

回到车上和导游说起日本美食。导游说，日本人对待食物有一种近乎执拗的态度，煮好的鸡蛋超过两个小时没卖出去就要丢弃，因为他们认为超过两个小时，鸡蛋的味道就不在巅峰值了；做好的寿司如果在一定的时间内没卖出去也要丢掉，不会再卖的。他们认为，一定要在食物味道最佳的时候让客人吃到，这是对客人的尊重，也是对食物的尊重，更是对自身信誉的追求。不能让客人因为自家的鸡蛋放置时间长了，而在味道和口感上输给别的餐馆，这也是那些料理店不打包不外卖的原因。想吃就到店里来吃，时间、味道、卫生都有保证，打包带走则会有太多的因素影响到品尝的效果。在北京我知道大董拒绝打包，可以出外卖，但是绝不建议打包。想想，这是对客人负责，对菜品负责，也是对自己信誉的负责。真心能做到这一点，能做好这一点的餐厅，大致是可以打高分的放心企业了。

在日本，这样的餐厅有很多，这基本上是各家餐厅的共识了。

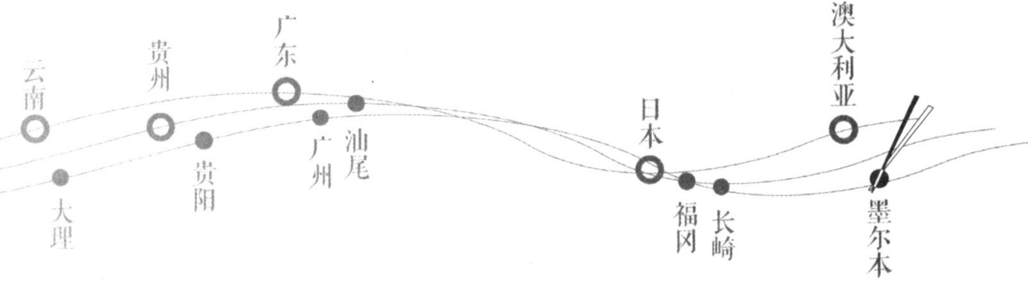

世界最长的长桌宴

参加在 F1 赛道上举行的长桌宴，于我来讲多少有些朝圣的味道。

最早知道墨尔本，是在中学课本上。地理课讲到澳大利亚，就会说到墨尔本；历史课也会讲到墨尔本，因为它曾经是澳大利亚的首都，是吸引中国人的旧金山之后的新金山。这些都是课本里对墨尔本的文字描述。直到有了电视，有了一些体育节目的实况转播，墨尔本变得立体了、丰富了。网球四大公开赛的澳大利亚公开赛在墨尔本举行，中国选手李娜在墨尔本拿过冠军，当然还有风驰电掣的 F1 赛车，汇聚了当前最高科技水平的赛车，速度快得让我们看不清驾驶员的容貌，但是却足以让我们记住墨尔本这个城市。

运动与速度是活力与朝气的同义语，是当今最受关注的时尚元素，由此墨尔本在我心里变得动感活泼，洋溢着速度与激情！在 F1 赛道上举办的世界上最大的长桌宴，则是把人人都钟爱的美食、运动和激情融于一体，成为墨尔本旅游的一张名片，吸引着世界各地热爱旅行喜爱美食的人们，我就是其中的一个。

墨尔本是维多利亚州的首府。维多利亚州是澳大利亚大陆上最小的州，占其国土 3%，却有澳大利亚近三分之一的人口和生产总值。每年 3 月举办的墨尔本美食美酒节（Melbourne Food and Wine Festival）是澳大利亚维多利亚州美食美酒集中展现的一个盛会，长桌宴是其中的一个经典项目，每年在不同的场地举办。去年在一个公园里，今年摆在 F1 赛道上，1500 名世界各地赶来的食客围坐在 500 米的长桌两侧分享美食。

3 月的墨尔本虽然在夏秋之交，但是中午的气温达到了 37℃，组委会选定了一位意大利大厨带领他的团队为大家操办包括前菜、主菜、甜品三道菜式。很是佩服厨务团队严谨高效的工作作风，虽然是 1500 人的宴会，虽然每一道菜每一款酒都是按位上，但是一切都在有条不紊地进行着，没有影响菜品的温度，也没有影响任何一个人的吃喝。硕大的白伞挡住了阳光，伞阴下，人们愉快地推杯换盏，一派热情洋溢欢乐祥和的气氛。这种如阳光般干净简单的快乐让我感动，不由自主地举起酒杯置身于快乐中。险些让我泪奔的是，在这一刻我找到了失去联系 25 年的朋友，而她就是邀请我来维多利亚州旅行的机构的负责人。快乐淹没了时光的流逝，淹没了墨尔本到上海的空间距离，在那一刻的快乐中，朋友的颜容居然如 25 年前我们面对面时一样的清晰，长桌宴于我有了新的意义！

这些年去过很多地方，旅行已经成为我生活的重要内容。作为一个工作和饮食密切相关的行者，这些年的经历告诉我，美食在旅行中的地位非常重要，旅行的六大要素：吃住行游购娱，吃已经排到了首位。如何有机地把城市特色和美食资源结合在一起，墨尔本的长桌宴可谓是一个成功的案例。长桌宴是一个盛大的节日，结合了墨尔本的城市特色——运动与速度，融合了墨尔本这种移民组成的、丰富的美食美酒资源和旅游资源，吸引着世界各地的旅游者和媒体的关注。在我的美食与旅行经历中，把城市特色、美食美酒与旅游结合起来如墨尔本长桌宴的还真是不多。中国这方面资源很多，但是没有人认真动脑子设计这样的产品，墨尔本长桌宴值得认真学习借鉴。

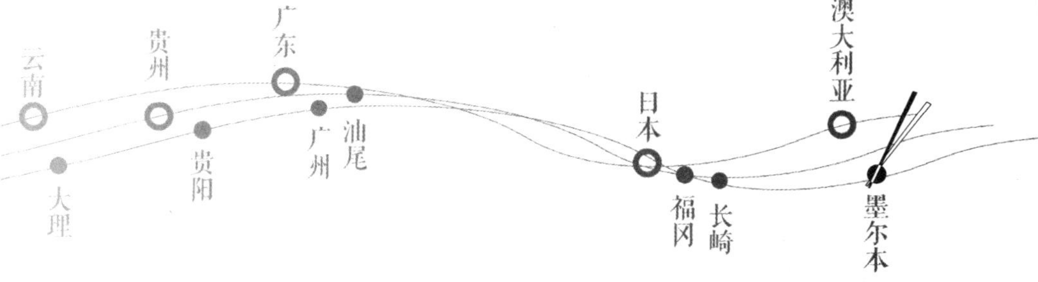

香辣圣殿与天府酒楼

离开墨尔本的前一天，当地的朋友带我去了天府川菜馆。在澳大利亚九天了，虽然这些天去的都是当地有名的餐馆，甚至连临时开到悉尼的前世界排名第一的Noma餐厅都没错过，吃的都是那些餐馆的招牌菜式，但是自幼形成的饮食习惯，还是让我非常迫切地想吃一顿中国菜。走进天府餐厅，那股熟悉的麻辣味道瞬间激活了我的灵魂，那种亲切熟悉的感觉一下子进入到我的血液里，激动得让我打了几个冷颤。回锅肉、宫保鸡丁、水煮鱼、蚂蚁上树、鱼香虾球等几个典型川菜陆续上来，几个人一通暴嘬，算是补上了这些天来中国味道的亏空。放下筷子四处打望，隔壁桌的六个老外正有模有样地吃着麻辣火锅……

到欧美国家旅行，如果时间超过四天，大致就会遇上吃饭的问题。别人什么感受我不知道，我是肯定要找个中国餐馆吃一顿的，哪怕只是一碗面条、几个馄饨、一笼小笼包，如果能有东坡肉、清蒸鱼、鸡蛋炒西红柿就更妙了。在西餐的世界里吃到这些东西，不仅是口腹的享受，也是对故乡文化的认同，对于中国人来讲尤为如此。在我们的文化中，吃早已渗透到生活的方方面面了。

墨尔本的朋友告诉我，天府酒楼在墨尔本很有名气，开业十几年，生意一直很好，不仅华人来，当地人也经常过来。不同于以往的中餐馆基本都是开在唐人街，天府酒楼开在了墨尔本的高尚街区，成为当地餐饮的标志性企业，这和墨尔本华人较多有关，和酒楼对中国味道的坚持也有着极大的关系。

墨尔本皇冠酒店的一层有一家很有名的创意中国餐馆——Spice Temple，大致可以翻译成“香辣圣殿”。对天府酒楼菜品的赞赏有加，有一些是和Spice Temple对比后得到的。入住酒店的第二天，我们就去了Spice Temple，餐厅的生意很好，在酒吧里喝完一瓶酒，服务生才把我们引到订好的座位上。餐厅的光线很暗，菜品上来如果不开闪光灯就没法拍清楚，这一点和我们习惯的中餐厅很不一样。看了菜单，我们叫了宫保鸡丁、水煮鱼、回锅肉、麻婆豆腐等典型的川菜，上菜的节奏是西餐式的，一个菜上来后，很久才上第二个菜，一共要了六个菜，差不多 80 分钟才上齐。更为难过的是，菜的名字虽然和中国一样，可是一点也没有川菜的味道，不麻不辣，咸鲜缺失，还都有一股甜甜的味道。如果不是这些菜都有一个中文名字，我真的不知该怎样定义这些菜。不是我们熟悉的中国菜，更不是我们不太熟悉但我们见过的西餐菜式。难道这就是外国人理解的中国菜？Spice Temple 是澳大利亚名厨 Neil Perry 开设的，菜品是根据他对亚洲食材、香料和文化的理解设计的，那些有着中国名字的菜品，是他冒着被丢臭蛋的危险尝试做的川、滇、湘、鄂等中国风味菜肴，我们吃到的是一个澳大利亚明星厨师的创意中餐料理。

阿城曾经说过一段自己的经历：开车回洛杉矶的途中，早上三明治中午麦当劳，天近傍晚，路边突然闪出一块中文的“金龙大酒家”的广告牌，阿城毫不犹豫从最近的出口下了高速公路。进了酒家，迎宾笑容标准英语也标准，餐厅坐的多是牛仔的后代，这让阿城怀疑这是否真是一家中餐馆。问了迎宾，回答说：是的，我们请的是真正的波兰师傅！无语，只能转身离开。阿城的经历是中餐在国外的真实存在，西餐文化氛围中的老外，无法理解中餐煎炒烹炸的技法，以及对味道口感的追求，这就是可以有波兰师傅做麻婆豆腐、Spice Temple 川菜似是而非的根本原因了。

值得庆幸的是，中国影响力的增强和墨尔本一贯坚持的国际化视野，让墨尔本这座移民组成的都市里，不仅有丰富的咖啡文化，有意大利菜、法国菜、日本菜，还有创意中国菜的Spice Temple，以及可以安慰我们味蕾、口腹的天府酒楼。

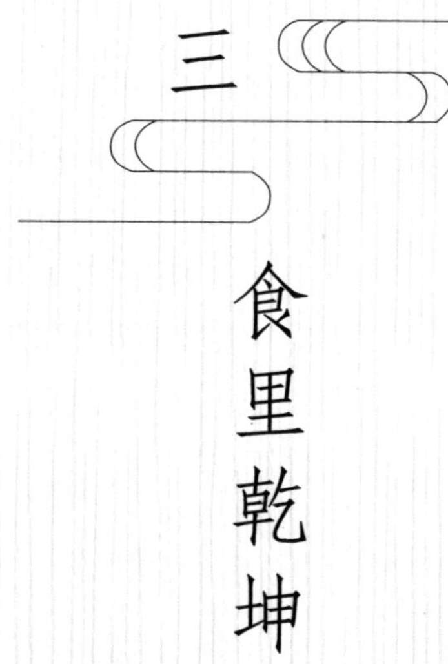

三 食里乾坤

寒食节、庄子、介子推

按照农历的纪年方法，冬至后的第105天就是寒食节，大致是在清明节的前一两天。清朝初年，传教士汤若望重新修订了夏历的纪年方法，寒食节基本就在清明节的前一天了。寒食节、清明节挨得太近了，慢慢地人们就把寒食节的一些内容移植到清明节中，把两个节日一起过了。清明，既是节气又是节日，同时又涵盖了寒食节的一些内容。历史流转中，寒食节的影响力越来越小，几乎快被人们忘记了。尤其是在今天的城市里，一天不开火只吃冷食，怕是很多人的肠胃都受不了了吧？

资料上说寒食节与介子推有关。春秋时期，晋国重耳流亡，介子推割自己的肉为重耳充饥。重耳复国后，请介子推做官，介子推躲到山中不肯出仕，重耳命兵士烧山逼介子推出来，介子推抱树不出，最后被火烧死在山中。庄子在《盗跖》篇中说："介子推至忠也，自割其股以食文公，文公后背之，子推怒而去，抱木而燔死。"这大概是介子推与寒食节结缘的源头。

其实寒食节的起源和介子推没什么关系，源于远古时期人们对火的崇拜。那时人们每年都要去旧火燃新火，同时也借此机会清理一下炉灶，去除灶灰、通通烟囱，好让新火烧得旺，炉灶更好使，古人称为改火。改火行为慢慢延续成禁火节，这一天不能用火做吃的，慢慢地禁火节便成了寒食节。这一风俗在山西介休地区极为隆重，寒食节前后三天都吃冷食。食物大概有寒食粥、寒食面、寒食浆、青精饭及饧等，祭祀的供品有面燕（子推燕）、蛇盘兔、枣饼、细稞等面食，同时节日里还有祭扫、踏青、荡秋千、玩蹴鞠、牵勾、斗鸡等文体活动。这也难怪，介子推死的那座山叫作介山，就在介休境内。介休这个地名就是因为介子推死于此地而得名，介休也因此成为中国清明（寒食）节文化之乡。

从古人的禁火节衍化成纪念介子推的寒食节，庄子对介子推的描绘起了重要作用，让寒食节有了道德礼俗的意义，并具有很强的仪式感，仪式感强的东西，往往蕴含了很丰富的文化意味。庄子把介子推推到了忠君爱国的高度，是“至忠”，对火崇拜的“禁火节”就变成了有道德教化意义的“寒食节”，经过后来各个朝代的演绎，寒食节的内容彻底从推广禁烟寒食为主，演变成祭祖扫墓为主、宣传忠孝节悌的一个民间节日，这也是中国传统道德的核心观念之一。

角黍与粽子

每年到了端午节，民俗中的一项重要内容是吃粽子。

粽子，最早叫作“角黍”，箬竹叶包裹黍呈牛角状，煮熟而食。角是牛角，祭器，牛不仅是重要的肉食来源，而且在农耕社会是作为生产资料存在的，地位十分崇高，牛角在这里是端正的象征。古语中黍的本意是“禾属而黏者也”，字典上的解释是“一种子实叫黍子的一年生草本植物，其子实煮熟后有黏性，可以酿酒、做糕等”，是北方人称之为“黄米”的一种杂粮。

角黍最早是古时夏至节祭地的用物，后来，夏至的习俗被用到了端午，夏至、端午的习俗一样了，角黍也就成了端午节的食物。汉朝起，纪年方法改用夏历，正月建寅，这样春节就和季节相符了，所以午月就是五月，五月初五端午节又有重五节之说。五又在一三五七九的阳数中间，古人认为，此时阴气始生需要端正驱邪，称为端阳节。端，

糉

端正，是五行之端，是开始；午为正中，纵横交错才有正中，交错在古语中是阴阳争。端午日，阴阳交错，用角黍来平衡阴阳。古时五、午通用，所以五月初五又称端午。农历五月有“皋月”之称，“皋”是湿气的意思，五月是盛夏，天气闷热潮湿。古人认为，这个时候阴气在地下开始聚集，与阳气相互争斗，阴为湿，阳为燥，湿气从地下逼迫阳气上升，所以天气越来越热。这也是暑热在阴阳五行中的解释。阴阳争斗反映到人身上，就要祛毒扶正，也就是要端正！这个时候又是阳气最鼎盛的时候，因此要避毒。黍，又称“火谷”，火属阳；粽叶长在水里，从水属阴，用阴性的粽叶包裹阳性的黍，取的是阴阳调和、驱邪避毒之意，是祭祀礼拜天地的物事，和三闾大夫屈原投汨罗江没有关系。

端午节祭祀屈原是后人赋予端午节的内容，这种和人有关的传说，还有介子推说、曹娥说、伍子胥说等。介子推的故事在山西，估计角黍里包的是黍；曹娥、伍子胥的故事在吴越之地，屈原的故事在湖南，这三个地方角黍里包的大概就是糯米了。《齐民要术》中说：“用菰叶裹黍米，以淳浓灰汁煮之，令烂熟，于五月五日、夏至啖之。粘黍一名‘粽’，一名‘角黍’，盖取阴阳尚相裹未分散之时象也。”

端午节是个传统节日，这一天各地因风俗习惯大致会有赛龙舟，吃粽子，挂菖蒲、艾叶，薰苍术、白芷，喝雄黄酒等活动。挂菖蒲、艾叶，薰苍术、白芷，喝雄黄酒，说是为了压邪；吃粽子和赛龙舟，是后人为了纪念投汨罗江的三闾大夫屈原，为此端午节又被称为“诗人节”。

赛龙舟要在有水的地方才能进行，水少的地区节日的主要内容就是吃粽子了。各地风俗不同，物产不同，粽子也呈现出不同的形态。

就造型而言，粽子有三角形、四角锥形、枕头形、小宝塔形、圆棒形等。粽叶的材料则因地而异。南方因为盛产竹子，就地取材以竹叶来缚粽。一般人都喜欢采用新鲜竹叶，因为干竹叶包出来的粽子，熟了没有竹叶的清香。北方人则习惯用苇叶来包粽子。苇叶叶片细长而窄，所以要用两三片重叠起来使用。不同地区粽子的大小也差异甚巨，有达二三斤的巨型兜粽，也有小巧玲珑、长不及两寸的甜粽。 就口味而言，粽子馅荤素兼具，有甜有咸。北方的粽子以甜味为主，南方的粽子甜少咸多。馅料的内容，则是最能凸显地方特色的部分。

北京的粽子大约可分为三种：一种是纯用糯米制成的白粽子，蒸熟后蘸糖吃；另一种是小枣粽，馅心以小枣、果脯为主；第三种是豆沙粽，比较少见。华北地区另有一种以黄黍代替糯米的粽子，馅料用的是红枣。蒸熟只见黄澄澄的黏黍中嵌着红艳艳的枣儿，有人美其名曰“黄金裹玛瑙”。

浙江的湖州粽子，米质香软，分咸、甜两种。咸的以新鲜猪肉浸泡上等酱油，每只粽子用肥瘦肉各一片作馅。甜粽以枣泥或豆沙为馅，上面加一块猪板油。蒸熟后猪油融入豆沙，十分香滑适口。“五芳斋”出品的粽子尤其著名，馅料都经过专人选择，有八宝粽、鸡肉粽、豆沙粽、鲜肉粽等，各具特色。

四川的椒盐豆粽也别具特色。先将糯米、红豆浸泡半日，加入花椒面、川盐及少许腊肉丁，包成四角的小粽。以大火煮 3 个小时，煮熟再放在铁丝网上用木炭烤黄。吃起来外焦里嫩，颇具风味。

广东中山的芦兜粽，特点是圆棒形，粗如手臂。配料也分甜、咸两种。甜的有莲蓉、豆沙、栗蓉、枣泥馅；咸的有咸肉、烧鸡、蛋黄、甘贝、冬菇、绿豆、叉烧肉等馅。

闽南的粽子分碱粽、肉粽和豆粽。碱粽是在糯米中加入碱液蒸熟而成，兼具黏、软、滑的特色，冰透后加上蜂蜜或糖浆吃尤为可口。肉粽的材料有卤肉、香菇、蛋黄、虾米、笋干等，以厦门的肉粽最为出名。豆粽则盛行于泉州一带，用九月豆混合少许盐，配上糯米裹成。蒸熟后豆香扑鼻，也有人蘸上白糖来吃。

端午一到，粽子也百花齐放了。

节气美食——芒种到夏至

进了六月，算是仲夏了。这个月有两个节气：芒种和夏至。

芒种到夏至这段时间在农村是大日子，在我看来就是“忙”。因此芒种的别名就是“忙种”，忙着收割，忙着播种。华北平原的北京地区，小麦在这个时间进入了成熟收割期，由于这段时间天气变化复杂突然，经常会有雷雨，因此必须抓紧时间收割晾晒入仓，否则一年的辛苦就会被雷雨毁掉。收完麦子再不停歇地种上秋季作物，错过了节气，对收成的影响就大了。

农谚说：“芒种栽薯重十斤，夏至栽薯光根根”，说的就是不能错过节气。又要收割又要播种，因此这一段时间农民最忙碌最辛苦。在这段时间唯一的好处大致就是可以吃到新麦了，而且还能不受限制地吃白面做的各种吃食。收了新麦子，辛苦了一年的农民总要享受一下劳动果实，同时这段时间劳动强度大，需要大量补充体力，新鲜收获的麦子，自然成了首选。北方农村大致以馒头面条为主，偶尔还可能杀头猪，炖肉熬菜补充一下油水。过了这一段，就恢复到天天窝头偶尔吃顿白面的日常生活了。

这段时间城里人的吃食上，夏天消暑的特色食物逐渐多了起来，过水面会是很多人家夏天常见的饭食。讲究一点的自己擀面或是抻面（北京以前没有拉面），着急的图方便就去面铺买些切面回来。面条大同小异，拌面的卤花样就多了。常见的有炸酱面、打卤面，炸酱又分肉炸酱、木须炸酱（鸡蛋）、素炸酱，素炸酱里会加入煸炒过的豆腐干丁或者是加了八角、用油煸透的茄子丁，聊补无肉之憾。

打卤面的卤也有很多种，三鲜卤、西红柿鸡蛋卤、肉末茄子卤等。最常见的是肉片口蘑卤：五花肉切片煮熟，用煮肉的汤加口蘑丁、海米、黄花、木耳等勾芡成黏稠状，出锅后再泼上一勺热热的花椒油，卤就做成了。好的卤和面条拌匀后要沾附在面条上，吃完后碗里没有汤汁遗存，这样讲究的卤已经很少能够见到了。

还有就是汆面了。汆和卤的原料差不多，区别在于汆不勾芡，卤是勾芡的。“汆儿面”是老北京的一种代表性面条吃食，实际就是不勾芡的一种卤面。把煮熟的面条用凉水过得凉凉的，浇上各式的汆儿，素的有扁豆汆儿面、尖椒汆儿面等，荤的有羊肉汆儿面、肉丝汆儿面等，简单的花椒油汆面最省事，但味道一点也不简单。据说花椒油汆儿面还是汆儿面的“鼻祖”。先用油把花椒炸香，再放入适量的葱花和酱油调好味道，就可以用来拌面了，吃的时候加点黄瓜丝、薄荷叶做面码，就是一碗清凉解暑的好饭食了。

芒种已到，夏至将至，来碗方便省事、清凉解暑的面条吧。

鱼生怎是舶来物

学古汉语的朋友告诉我，广东话里保留了许多古汉语的元素。一些古诗词如果用普通话朗读，总感觉有些韵脚不是那么舒服，换成粤语，则一切顺理成章了，抑扬顿挫，朗朗上口。虽然我听不懂粤语，但是我能感觉到其中音乐一般的节奏。

广东不仅在语言上保留了古汉语的某些元素，饮食上也类似。比如说现在很是流行的鱼生，一般人都以为这是日本人的专利，经营鱼生的餐厅也多是挂着日本料理的幌子。其实鱼肉生吃，是中国人的专利。青铜器“兮甲盘”铭文中记载了周宣王五年也就是公元前823年的一次宴会，《诗经·小雅·六月》作了歌咏，其中用“炰鳖脍鲤”概括描述了宴会中的两道菜：烧甲鱼和生鲤鱼片。“脍鲤”

就是生鲤鱼片。成语“脍炙人口”也说了两种人们喜爱的菜品：脍是细切的肉，炙是烧烤。先秦时期把鱼生叫作“脍（鲙）”。孔子说“食不厌精，脍不厌细”，这里的“脍”就是指把肉切成片或切成丝，以便于生吃。最早，很多肉类都可做成“脍”，常见的有兔、牛、羊、鱼，在后来的饮食实践中，逐渐发现鱼肉最适合生吃，其他的肉类就慢慢不这么做了。两汉魏晋时期，鱼生已经成为贵族间流行的美味，建安七子中的曹植、枚乘都写有赞美鱼生的诗句。到了隋唐时期，高明的厨师调制鱼生时用了金橙丝和香茅花叶，做好的鱼生很受隋炀帝杨广的喜爱，称为“金齑玉脍”。这种吃鱼生的方式在两广地区得以保存，直到今天还是人们喜欢的一种鱼类菜肴，其中最著名的要算顺德鱼生了。

遣唐使把鱼生从中国带到了日本。日本鱼生完整保留了唐朝时期的做法，辗转流传到现代变成了日本饮食文化的一个特征。千年前输出的饮食方式现在“内销”回来，几乎让国人忘记了鱼生本是老祖宗喜爱的一种吃食。两国鱼生的不同在于，中式鱼生吃的是淡水鱼，日式鱼生吃的基本是海鱼，这和日本的地理环境以及物产特点相关联。

从健康角度来讲，淡水鱼生不如海鱼鱼生。因为淡水鱼寄生虫多，且现代的处理方法是无法灭绝那些寄生虫的，因此北京市禁止吃淡水鱼生。海水中的鱼类因生活环境的原因，盐分大、寄生虫较少，并且深海中的寄生虫在人体中不能存活，显然是要安全多了。不过如果把淡水鱼换成深海鱼，依然按照中式鱼生的吃法，在保证了健康安全的条件下，味道要比日式鱼生美妙许多，也符合国人的饮食习惯。这也是北京一些餐厅里中式鱼生常见的做法了。

某些经营鱼生的中餐厅，使用的食材多是深海鱼。除了寄生虫较少的因素外，还由于深海鱼生活在海洋的深处，水压大、温度低，因此一般都是鱼身肥硕、主刺大、毛刺少，不仅处理起来比较顺手，吃起来也很方便，而且鱼肉的出成率也高。曾经在什刹海岸边的某餐厅吃过一次深海鲈鱼生，现点现做，用精细的刀工把鱼肉片成如纸薄片，用十几种配料调味而食，配料有蒜片、姜丝、葱丝、洋葱丝、椒丝、豉油、花生碎、芝麻、指天椒、香芋丝、炸粉丝等，根据个人喜好挑出和鱼生拌在一起，马上送入口中，鱼生冰凉爽滑，暑气就减了很多，再仔细咀嚼，调料的香、辛、酸、甜等滋味更将鱼生之鲜美尽情带出，满口溢香，回味无穷。

戏文中的饮食文化史

“当官不与民做主，不如回家卖红薯。”豫剧《七品芝麻官》中唐知县与当朝权臣严嵩斗法，据理力争，为草民做主，最终治了严嵩的妹妹诰命夫人严氏的罪。让唐知县敢于坚持下去的理念，就是开头这句和红薯有关的话。

戏不错，是充满正能量的喜剧。但是这句戏词中出现的红薯，却不是戏里唐知县那个年代出现的。红薯，也叫番薯，从名字上看就是一个舶来物，这个后来遍及中国的粮食作物是明朝万历年间才引进中国的。严嵩号称九千岁，是明朝嘉靖时期的权臣，因此戏剧描写的应该是明朝嘉靖年间的事情。万历（1573 年 –1620 年）在嘉靖（1522 年 –1567 年）之后，生活在嘉靖年间的唐知县不可能知道几十年之后的事情，更没有见过红薯这种东西，典籍里也没有“红薯”这个词，因此机智幽默的芝麻官是不可能说出“红薯”这个词儿的。再有，戏剧故事的发生地在中国北方的保定府，按照史书记载，红薯在清朝乾隆年间才传到北方，并逐渐开始广泛种植，这已经是万历年之后一百多年的事情了。不过戏剧毕竟是生活艺术化呈现的一种方式，其中的个别词句不必过分较真，毕竟编剧不是专业的农业历史学家。讲故事不是讲历史更不是讲考证，有一个正能量的主题，有一场风趣幽默的表演，能得到观众的认可，就是一部好的戏剧了。但作为饮食文化的学习来讲，对红薯进入中国的历史还是需要掰扯明白的，因为这是历史、更是饮食文化的重要内容。

红薯传入中国的时间约在16世纪末，正史、野史中都有记载，进入中国的路径也有两条，一条是从吕宋岛（菲律宾）传到了福建；一条是从交趾（越南）传到了广东。传入福建这条路史书记载得比较清晰有序，明代的《闽书》《农政全书》和清代的《闽政全书》《福州府志》等都有记载。清朝陈世元写过一本《金薯传习录》，书中引用了《采录闽侯合志》中关于红薯来源的说法：“按番薯种出海外吕宋。明万历间闽人陈振龙贸易其地，得藤苗及栽种之法入中国。值闽中旱饥，振龙子经纶白于巡抚金学曾令试为种，时大有收获，可充谷食之半。自是硗确之地遍行栽播。”当时的福建巡抚金学曾鼓励种植红薯度饥荒，因而又有“金薯”之称，这也是《金薯传习录》得名的原因。

红薯从越南到广东的记载，见于清朝道光年间的《电白县志·杂录》。据载，武川县一位姓林的医生在交趾行医，治好了国王的女儿，国王赏他红薯吃，林医生要求吃生的，留了一半准备带回国。在交趾国，把红薯种带到中国是死罪，林医生出关时被发现，边关将领深感林医生情怀高尚，自己赴水而死放林医生过关。林医生利用半块红薯作为种子，逐渐在广东推广红薯种植。红薯在中国的传播，福建陈振龙的后代做得比较好。陈振龙的六世孙陈世元及其子陈云，先后把红薯种植推广到浙江宁波，山东胶州、青州，河南朱仙镇等地，而后逐渐在各地都有了种植，成为人们口粮有效的补充。而广东那一头，却没有相应的记载。

明朝郑和下西洋带回了不少域外的美食，燕窝、鱼翅就包括其中，经过中国厨师的演绎，逐渐成为高档宴席的当家菜品。而到了明朝中期虽然实行闭关锁国政策，但还是引进了一些粮食作物。玉米原产于美洲，哥伦布大航海时发现了它，先传入欧洲后又经中东传到了中国，早年没有普及时，被当做珍馐美味，李时珍在《本草纲目》中把玉米叫作“西天麦”。马铃薯（土豆）也是这一时期进入中国的，只是进入的途径有些不光彩——是由海盗带进来的；辣椒也是明朝时进入中国的。闭关锁国状态下还能引进一些和吃有关的东西，也许能够证明，在吃的方面，中国人的胸怀是极其宽广的，当然也不能排除当时人口增长带来的压力。明朝中期，社会相对稳定，人口增长迅速，低水平的耕作技术难以满足人口的口粮需求，急需红薯这样易种植产量高的粮食作物。红薯正好在这个时候出现在中华大地上，并在今后很长一段时间内，和玉米一起成为中华民族的主要粮食作物。

素油、荤油

入川采风，在成都巴蜀味苑吃了一顿不错的晚饭。几个菜各有特色，麻辣适度，滋味各异，虽然都不是什么大菜，倒也让我体会到了“一菜一格，百菜百味”的川菜烹调特色。餐厅的大厨兼老板李先生是川菜大师史正良先生的弟子，几十年来一直恪守师父的教诲，踏实认真地做着传统的川菜。

饭后和李先生聊天，询问川菜好吃的秘密。老李摸了摸光光亮亮的头顶琢磨了一会儿，说：“就是认真呗。买菜时精挑细选，做菜时踏实认真。调味嘛，该用什么用什么，千万别乱模仿、瞎创新。”话匣子打开，老李说了很多，其中关于炒菜时油脂的选择与使用，对我启发很大。

老李说，川菜中凉菜调味时，一般是用菜籽油，即使是红油，也是用菜籽油炼制而成。如果不用菜籽油，就没有川菜那个味道。一方水土养一方人，除了动物油脂以外，四川人长期吃的就是菜籽油，最早是因为物产的原因，长久下来便形成了口味习惯。新鲜压榨出来的菜籽油，色泽金黄带有一种“青气味”，正是这种味道和麻辣的结合，造就了川菜凉菜独特的香味。如果换作花生油、茶油、橄榄油，则滋味变异，很难说是川菜了。

菜籽油成就了川菜凉菜的独特味道，烧炒菜肴时，用油也是要有选择的。清代文人、美食家袁枚在《随园食单》中强调“素菜用荤油、荤菜用素油”，这个原则在老李的烹饪实践中有着充分的体现。油脂在烹饪时的作用，不仅仅是传热的媒质，同时也有增香提味、改变口感、提升进食快感的作用，这也是人们爱吃油炸食品的原因。

老李说，像芥菜、苦瓜这样的原料本身有一股苦味，用荤油可以把苦味掩住，成品由此变得滋润芬芳；烹制一些表面上有毛刺的蔬菜（南瓜秧、冬寒菜）时，老李喜欢用猪油或是鸭油，动物油脂不仅增加了菜肴的香气，还可以让蔬菜的毛刺倒毛，方便进食。所以鸡油豆苗、金钩菜心等经典川菜菜式都是用荤油进行烹饪的。要是制作猪牛羊肉菜肴，则要使用素油，也就是植物油了，这样可以突出原材料的本味，不会因为油脂的味道而破坏主料的味道。

这样的做法，其实也符合现代健康理念：肉类中含有较多的饱和脂肪酸，素油中含较多的不饱和脂肪酸，两者合用能相互补充，增加菜的营养价值。素菜中含有大量脂溶性维生素，需要有脂肪酸来溶解它，方便人体的吸收，因此选择荤油效果会更好。

植物油进入中国人的厨房大约是在两汉时期。在此之前，人们吃的主要是动物油脂。“凝者曰脂，释者曰膏。”“脂”指的是有角的家畜（牛、羊）的脂肪，常温下呈凝结状；“膏”指的是无角的家畜（猪）的脂肪，常温状态下比较稀软。两汉时期，植物油开始出现，最初用作点灯照明，油脂燃烧的芬芳之气，让人们开始尝试在烹调中使用它。

汉朝时，胡麻从西域传入中土，麻油成为中土最早的食用素油，唐宋时已成为最为常用的烹饪用油，今天还在广泛使用。在很多场合中，麻油还作为调味品出现，增加菜肴的香气；在此之后，菜籽油、茶油、萝卜籽油、花生油等陆续出现在中国人的厨房里，与动物油脂一起成为中国人烹调菜肴时的主要油脂。《调鼎集》中《油》篇说：“菜油取其浓，麻油取其香，做菜需兼用之。……豆油、菜油入水煮过，名曰‘熟油’，以之做菜，不伤脾胃，能埋地窨过更妙。”

在吃油这件事情上，不同地区的习惯还有些不同。江南、西南地区的人习惯使用菜籽油，江西、湖南人习惯使用茶油，西北人喜欢用麻油，最晚出现的花生油（清朝才开始普遍食用）则是遍地开花，大江南北的人都在使用。

对于现代人来说，选择什么样的油是一件很轻松的事情，但是要想健康地用油，还要有一个好的习惯。有人炒菜时习惯热锅热油，油冒烟了才下原材料，说这样炒出的菜有锅汽。这是不科学的，高温油不但会破坏食物的营养成分，还会产生过氧化物和致癌物质。热锅凉油炒菜才是正确的做法。同时，每天吃油的量也要有所控制：血脂、血压正常的人每天不要超过 25 克，要是血脂偏高、肥胖的话，每天最好不要超过 20 克。

辣椒与哥伦布

1492 年 8 月 3 日凌晨，三艘帆船从西班牙巴罗斯港出发，在郑和最后一次下西洋 60 年之后，意大利人哥伦布在西班牙皇室的支持下，带着皇室给印度和中国皇帝的国书，开启了他寻找香料的航程，由此开始了发现美洲大陆的大航海活动。在此之前，作者的真实性备受质疑的《马可·波罗游记》已经成为欧洲探险者必备的书籍，书中对中国及东方的描述，让欧洲人相信遥远的东方不仅神秘，而且风光秀丽、遍地宝物，尤其富有被欧洲人视作财富和地位象征的各种香料。

不知道古代欧洲人为什么那么喜欢香料。中世纪的烹饪书籍中，香料入菜的记录出现在至少一半、甚至四分之三的菜谱中。《舌尖上的历史》一书的作者斯坦迪奇说："到了中世纪时代，食物被覆盖在厚厚的香料下。"在很长的时间里，香料作为昂贵的进口物品，成了富人展示财富的炫耀性的标志，一磅类似于肉桂的柴桂叶在罗马的售价是75银币，是当时普通人6个月的薪水。甚至在战争赎金中也有香料的位置：哥特人包围了罗马，开出的赎金内容除了黄金、银币、丝袍等之外，还有3000磅的胡椒。香料受到重视的另外一个原因和宗教有关。对于欧洲人来说，大部分香料来自于遥远神秘的东方，燃烧这些香料产生的香气是敬献给神灵最好的物品。欧洲人认为，香料是落入人间的天堂的碎片，可以提供天堂里那种超凡脱俗的气息。这一点在东方也是如此。庙宇燃香礼神，也是要借用香料的气味，表达凡人对神仙的敬畏。

但是长久以来，香料贸易被阿拉伯人垄断了。阿拉伯商人把产自东方的各种香料转卖给欧洲人，获得了很高的利润。渴望香料却要仰望阿拉伯人的鼻息，这是欧洲贵族们越来越难容忍的事情。要打破阿拉伯人的垄断，只能是建立和东方直接贸易的通道，这样的要求在当时欧洲两个海洋大国——葡萄牙和西班牙尤其强烈。葡萄牙抢先占据了沿着非洲大陆西岸通向东方的航线，留给西班牙的只能是向西横渡大西洋了。

哥伦布相信地理学家关于地球是圆的这一理论，坚信向西航行也能到达东方。但是地理学家对距离计算的错误，误导了哥伦布。哥伦布认为，非洲西海岸的加纳利群岛到日本的距离是 3200 公里，因此他坚信很快就能到达神秘的东方。因为在马可·波罗的笔下，日本只是中国东面距离几百公里的一个大岛，而实际上 3200 公里只是加纳利群岛到中国路程的四分之一。

1492 年 10 月 12 日凌晨，经过 70 天艰苦的航行，帆船终于靠在了一块陆地边上。船队的老大哥伦布踌躇满志地站在圣萨尔瓦多的土地上，告诉船员们这就是他们这次航行的目的地印度。

从 1492 年到 1502 年，哥伦布先后四次从西班牙出发，向西横渡大西洋，在美洲大陆和沿岸的那些岛屿往复了几千公里，发现了古巴、海地、巴拿马地峡以及印第安人，但是他到死也没能到达亚洲，更没有到达远航的目的地印度，虽然他始终坚信船队多次横跨大西洋的航行所到达的大陆就是亚洲。

哥伦布在美洲大陆没有找到令皇室兴奋的香料，但是，美洲大陆的一些作物却因为这次大航海走出了美洲，并在后来近代工业化进程中发挥了重要作用。我们今天常见、常吃的辣椒就是在这次大航海中被带出美洲大陆的。哥伦布叫它“胡椒”，但是欧洲人认为它不是胡椒，也不算香料。虽然它是从遥远的地方来的新东西，但是，被哥伦布叫作“胡椒”的植物可以随地种植，可以在陌生的土地上扎根生长、繁荣发展，这样的植物简单质朴、易于生长，没有香料的那种神秘感，与欧洲人对属于香料的胡椒的认识相差太远。也正是因为辣椒比那些香料更接地气，让其传播的速度和范围迅速扩大。在不长的时间里，辣椒就传到了亚洲，传到了中国，成为亚洲料理的重要食材和调味料，成为中国西南地区不可或缺的重要食材。有了辣椒，川菜体系慢慢形成，有了辣椒，川菜才有了今天的这般滋味。

哥伦布的错误在于，他在美洲大陆发现的东西，是以他航行开始时所要寻找的对象命名的。于是，美洲的土著成了印第安人，远在大西洋的岛屿有了西印度群岛的名称，辣椒也被他叫作了“胡椒”。在航海日志里，哥伦布是这样记述的：“这片土地盛产‘aji’。那就是他们的胡椒，比黑胡椒还值钱，所有的人只吃这个，它非常有益于健康。”（《舌尖上的历史》汤姆·斯坦迪奇著）

辣椒虽然给烹饪带来了很多好处，成就了中国川菜的伟大，但是却没有给西班牙皇室带来财富，哥伦布逐渐失去了皇室的信任，第三次航海回到西班牙时，他被拴上了铁链。哥伦布到死也没能寻找到东方的香料。但是，正是哥伦布开启的大航海时代，把美洲的许多食材——玉米、马铃薯、栉瓜、番茄、菠萝等——带出来并逐渐传遍世界，为后来世界范围的人口增长和欧洲的近代化进程提供了坚实的物质基础。这一点无论如何都是要感谢哥伦布的。

从鱼露到番茄酱
——从东方到西方

小米是我的朋友，因为都姓董，我更愿意把他看作是自家兄弟。当然这是我在高攀，否则他为什么总是叫我老师不叫我哥呢？

小米很帅，人也聪明，每天精力满满地做着很多事。开着网店，做着直播，策划着节目，还经常跑到国外去吃好吃的，即使陀螺般的忙碌，每次见到他时都是精神饱满神采奕奕的。不说才华，就是这份精气神，我就忘尘莫及。最近他又开了家做北京菜的餐厅“城南旧事”，算是回归到他的本行了。忘了说了，小米原本是厨师，做过星级酒店的总厨。

说这些是为了引出今天的话题——鱼露。这个东西北方人用得少，福建、广东地区用得多。小米在广州上学学的是粤菜，平日里做菜经常会用到鱼露调味。3 月中旬在温州的时候，孙兆国先生告诉我，汕头的林贞标先生做了一些鱼露，属于珍藏版级别的。林贞标先生也是我的好友，他是汕头潮菜研究会的副会长，对食物有着很深的了解，对食材、调料的选择极为苛刻。标哥觉得市面上的鱼露质量不够好，便自己做了一些。广州有位餐饮大佬尝过后，想花钱把标哥的鱼露包圆买走。标哥说，他做鱼露一是自用，二是送朋友，没想过卖也没打算卖。知道我喜欢鱼露，标哥给我寄了一些，炒青菜、炒米饭时点上几滴，味道果然不同。好东西一定要和朋友分享，于是我就想着给学粤菜的小米两瓶，让他也尝尝标哥的鱼露，也算是我对偶像献的一点殷勤吧。

按照《食物语言学》一书中的观点，鱼露是中国人发明的，出现在中国东南沿海地区。“他们用盐保存当地的鱼虾，并将它们发酵成为味道醇厚的酱汁。”

北魏时期的贾思勰在《齐民要术》中有制作鱼酱的记录，这就是今天我们所说的鱼露了。这种海鲜发酵的酱汁广为流传，日本的寿司就是受此启发。寿司“在日语中严格上应该是 narezushi（意为：腌制成熟的寿司）”（《食物语言学》第 58 页），直接生食的寿司，是 19 世纪才开始出现的。

宋朝时期，陆路丝绸之路中断了，海上丝绸之路开始繁忙。泉州作为海上丝绸之路的起点，成为东方最大的贸易中心。人员与货物的往来，鱼露这种东西也随之向海外流传，先是到了东南亚，尔后到了中东和欧洲，并成为欧洲商人贩卖的重要货品之一。到了18世纪，贩卖鱼露为英国商人带来了丰厚的利润，因其价格昂贵，在英国的菜谱中陆续出现使用鱼露的菜肴。在鱼露走出中国流向西方的过程中，它一直被称作Ke–tchup，意思是“腌制鱼酱”，这个词是闽南话的音译。这种腌制的鱼酱为英国水手单调的伙食提供了新的滋味，成为他们远航必备的食品之一。在这个过程中，Ke–tchup逐渐衍化为Ketchup，大家都知道Ketchup翻译过来是番茄酱，可是最早出现在英国的Ketchup里，根本没有番茄。至少到了19世纪，番茄才进入到Ketchup中，到了20世纪初才有了我们今天常见的那种番茄酱。从鱼露到番茄酱的衍化，是欧洲的厨师不断仿造鱼露的结果，慢慢地，发酵海鲜的成分越来越少，其他成分越来越多，直到最后彻底没有了发酵海鲜，衍化成彻头彻尾的番茄酱了。虽然Ketchup里的内容不断变化，但是这个单词却一直保持流传下来，“语言学家称这种意思的扩展为‘语义漂白’，因为它原本意义的一部分（咸鱼的那部分意思）被漂白掉了。”（《食物语言学》第62页）

一直想做一部海上丝绸之路食物（味道）交流传播的

片子，也在注意吸收查找这方面的资料，只不过眼光更多关注在外来食物对中国的输入，玉米、番薯进入中国后，对中国的历史产生了极其巨大的影响，而忽略了中国味道对世界的作用。通过《食物语言学》对番茄酱 Ketchup 衍化的研究，表明中外饮食交流无时无刻都在发生着——西方想要中国的商品，中国想要西方的银子，因而带来了大航海对新世界的开发，导致了欧洲对美洲的殖民扩张。“这种西方的味蕾和东方产品之间的碰撞，创造出了贯穿世界的互联文明。”（《食物语言学》第 70 页）而海上丝绸之路则是文明贯穿的重要通道之一。

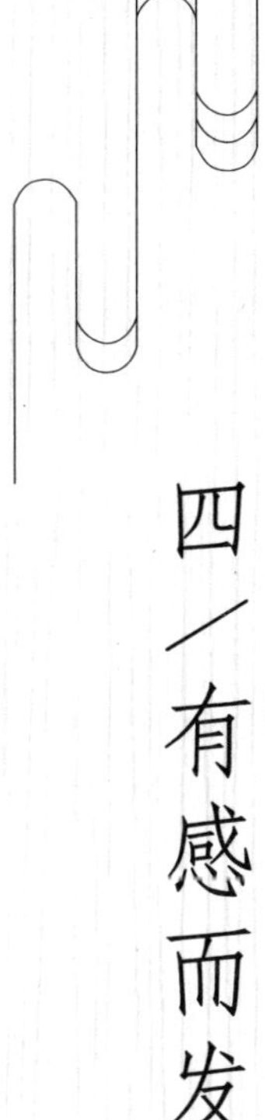

四／有感而发

美食感悟的特立独行

在扬州趣园淮扬菜体验店吃完一顿几近完美的精致扬州菜之后，陈大咖转了一个链接给我，嘱我看看里面的内容，随后有些娇媚地说："给我写篇序吧。"语气温和，但我却听出了命令的味道。点开链接看下去，却被那些俏皮跳跃的文字吸引了，虽然不是第一次遇到它们，这一次再读，实在又读出了一些新意，温婉细润的字里行间，不时流露出那些尖锐犀利的看法，令我敬重。

在四川游逛的时候，只要是季节合适，我总会要上一盘豌豆尖。不管是清炒还是豆汤煮，抑或是加了肥腻的猪大肠一起做的汤，很是喜欢豌豆尖那种细嫩的口感和清香微苦的味道。豌豆尖在四川是一种极为普通的青菜，菜场里常见，酒楼里常有，大咖是这样描述的："豌豆尖——豌豆发芽大约 30 天后摘下来的嫩苗……与粤菜常用的细幼豆苗相比，豌豆尖茎叶都粗大一些，但大约是水土不同的缘故，蜀地的豌豆尖生得极嫩，而且非常鲜美。豌豆尖可以清炒，也宜煮汤，但我最钟情的还是凉拌。豌豆尖稍稍过下滚水，捞起滤干放凉后，加蒜泥、麻油拌匀，滴两滴陈醋，再均匀地撒上盐就行了。这道川式沙拉有着强烈的春天情愫，入口即化，清甜无敌，非常雅致。”作为肉食动物，我最喜欢的豌豆尖的吃法是加了肥肠的豌豆汤。翠绿细嫩的豆尖沉浮在泛着浓浓豌豆清香的豆汤里，间或还有几片带着油花的大肠，清鲜与肥润在此融汇，这一切皆因为豌豆尖的鲜嫩美味才得以实现。不过，这只是一钵、一盘、一碗人间烟火。

美食感悟是一种很独立的个体体验，虽然古语讲“口之于味也，有同嗜焉”，但也有“适口者珍”的教导让我们记住自己的个性体验。上了《舌尖上的中国》的竹升面，被太多的人奉为美味经典，陈大咖却是对云吞情有独钟。“面条说到底就是一根根面粉棍子，基本上是没有味道的。需要千姿百态的汤底或浓墨重彩的酱汁帮一把，才能变出风靡世界的魅力。而云吞，薄面皮裹着的馅儿本身就带有味道，并不刻意追求汤底和酱汁。用无味的面条搭配有味的云吞，在调味上很容易陷入左右为难的境地之中，两者无法取舍。”个性，是美食体验中颇为难得的一种气质，有如某种美味的特立独行，有了它，才能在纷繁的食物世界里保持自己的亮色，这就是大咖文字吸引人的原因之一吧。

《不过一碗人间烟火》是大咖的一本美食随笔，面世时间不长随即再版，说明了这本随笔受欢迎的程度。这篇序言虽然是遵嘱而作，但因在阅读中与作者心有戚戚，某些场面感同身受，任务也就此转化成为愉快的阅读时光。

厨师也是艺术家

孙兆国兄在自己的新书《老孙寻味》的前言里，对厨师在社会生活中的地位发了一些议论，与发达国家的厨师相比，中国厨师的社会地位确实难以与人家比肩。中国饮食文化灿烂辉煌，久远深厚，但是作为饮食文化创造者之一的厨师，却没能获得应有的位置，这里面有着深刻的历史因素，在我看来，更多的是对圣人语录的错误理解所造成的。

孟子说，君子远庖厨。

很多人把孟子的这句话当作厨师不被人看重的文化理论源头，这是不对的。先人的话流传久了，有时候原意就会被曲解，只从字面而且还是简单地从字面上去解释。孟子提倡人性善，性善的人不愿意听到厨房里杀生的声音：

“君子之于禽兽也，见其生，不忍见其死；闻其声，不忍食其肉。是以君子远庖厨也。”君子远庖厨，说的不过是一种不忍杀生的心理状态，没有看不起厨师的意思。人性的向善与从事什么行业没有直接的关系，放下屠刀可以立地成佛，何况是为人们提供美食的厨师呢？

厨师的地位，在远古时代是很高的。伊尹本是陪嫁的奴隶，到了商国当了宰相，凭借的就是他做厨师的本事。老子说：“治大国如烹小鲜”，治国的道理和烹调是相通的。伊尹善调五味，先用美味吸引了商汤的胃，然后告诉商汤要想吃到这些美味就要得天下，得天下的途径呢，就是要对具体事物做具体分析，采用不同的方法，犹如料理不同的食材一样，方法对了，味道才能好，治理国家也是同理。制作美食与治理国家在伊尹眼里是同样的道理。

周朝百官的统帅叫作“太宰”，史学家柳诒徵考证说：“太宰者，实亦主治庖膳，为部落酋长之下的总务长。祭祀必有牲宰，故宰也属天官。”也就是说当时的治庖之人，也是权力很大的官员。

厨师的地位低是后世偏见所致，人们常说饮水思源，吃水不忘挖井人，但是吃到好的食品的时候，记住的往往是餐厅、酒楼的名字，常常就把厨师忘了。厨师制作美食，不仅仅是简单的烹饪，同时也是一种美的创造过程。美是什么？是能给人们生理和心理带来愉悦的东西，好吃的食物同样有这样的功效。饮食是具备物质文化和精神文化双重功效的，吃了好东西，心里自然高兴，口腹的愉悦也就带来了心理的愉悦。尤其是现代，人类对食品的加工，是本着健康美味的原则进行的，食品加工的过程本身就是美（美味）的创造过程。所以孙中山先生在《建国方略》中把烹调列入了“美术”（艺术）里，中山先生说：“夫悦目之画，悦耳之音，皆为美术，而悦口之味，何独不然？是烹调者，亦美术之一道也。”伟人如是说，厨师当得起烹饪艺术家的称号。

在我眼里，孙兆国先生就是这样的一位艺术家。最后借用孙兆国先生的一句话收尾：祝大家都能烧一手好菜，享一生美味！

《上菜（第三季）》与爆款菜

《上菜（第三季）》在马家堡东路的聚齐儿餐厅举办了开机仪式，揭开了北京电视台生活频道酝酿筹备了几个月的美食真人秀兼纪录片《上菜》的盖头。

2012 年冬日的一个下午，秀水街一个叫露风的咖啡馆里，王昱斌、杨凡、李智和我在那里聊了两个小时。王昱斌、杨凡和我三杆烟枪那天抽了将近两包烟，咖啡馆一楼弥漫着青兰幽渺的烟，负责记录的李智大概要吹开缭绕的烟雾才能看到电脑屏幕上的记录。

那一天我说了很多，对北京饮食的认识，对餐饮文化的理解，对电视美食节目的看法与心得，反正我是把当时能想到的都讲了出来。我们没谈价钱，也没谈今后是否合作，我只是感动于他们从网络上找到了我，认为我可能对他们所要进行的事情有所帮助，就约我见面了。这样的信任让我感动，也为他们的真诚与热情所打动，当然就是知无不言言无不尽了。那时，我还在一档电台的饮食节目打零工，即使很勤奋地写了一些和饮食有关的博客文章，经常发出一些对餐饮行业和饮食文化的看法，但基本上还属于默默无闻的边缘人物，一档电视节目找我咨询，让我看到了他们认真工作的态度，能在众多美食媒体、名博中找到我，至少说明他们看了我那些文章，也大致认可我的那些议论和看法，无论如何都是对自己多年来坚持的一个肯定。

于是从六集的美食人文纪录片《北京味道》开始，我和王昱斌、杨凡、李智等陆续合作了《上菜（第一季）》《上菜（第二季）》，今年开始了《上菜（第三季）》的拍摄。《上菜（第二季）》播出后受到了观众的喜爱，虽然是地面频道的节目，经费少时间紧，但是大家共同努力，克服了许多困难，最后呈现的是一部画面精致、三观朴实的美食人文纪录片。一年来多次重播都有不俗的收视，这既是拍摄第三季的动力，更是一种无形的压力。突破自己是每一个人都想做到的，但是如何突破却是要动一番脑筋花一番力气的。第三季的筹划在第二季还没有播完的时候就开始了。期间提出了不少设想，也谋划了许多细节，但总是和我们想要的那个高点有些距离，没有挠到我们心里那个痒痒的地方、那个柔软所在。这让我们困惑、烦躁、焦急却又无可奈何，不知道往哪里用力。

一个晴朗有风、微冷天蓝的周末，我在故宫东北角楼对面的一个咖啡馆外面，喝着刚刚到手的碧螺春，等着王昱斌和杨凡的到来。为了吸烟方便，我们在咖啡馆外面的便道上开聊了。很多游客从故宫、景山拥来，我们必须大声喊，才能保证对面的人能够听清楚。滚水续过三次之后，嫩嫩的清茶已经很淡了，我们的讨论又陷入僵局。三个人抽着烟看着街上涌动的人流，默默地想着各自的心事。

进入 2015 年，我们感觉餐饮业将会经历一场变革，严峻的经济环境将迫使餐饮经营者在餐厅规模、菜品设计、管理成本、价格制定等多方面做出自己的反应，否则不是苦苦维持就是关停并转。经济形势的变化既是危机也是机会，关键在于能否在新的形势下找到适合自己发展的路径。也许我们可以在《上菜（第三季）》中为大家提供一种可能。当我们三人目光重新对焦的时候，这个思路获得了一致的认同。

条条道路通罗马，业态不同，风味、风格不同，重塑自我的路径就会不同。但是综合我们对餐饮市场的理解与认识，通过我们和多位餐饮从业者的交流、探讨，我们觉得如果可以掌握一款超级单品（也可以叫作爆品），用来开一个面积不大的店铺，也许可以成为餐饮市场里的一匹黑马。菜品单一容易把控质量，复制起来相对容易；面积不大可以控制成本，前期投资也不需要太多，适合更多的创业者；爆品的选择必须是和人们日常生活关系密切的、接地气的、用消费者熟悉的原材料制作的，把这样的东西做出自己的特色，就能赢得市场的认可，获得消费者的喜欢。按照这样的思路，《上菜（第三季）》选择了诸如面条、甜品、酱货、火锅、素食等特色店家，在挖掘美味的同时，也试图找到这些食物、这些店家受欢迎的原因，在介绍北京美食的同时，为北京餐饮市场的繁荣提供一些思辨层面的支撑。至于最终结果如何，现在无法评说。开弓没有回头箭，我们的努力会在拍摄过程中逐渐呈现给大家，总会开花结果的！

鸡髓笋与红楼菜

朋友传来几张门头沟雁翅镇冰瀑的照片，引起了妻子的兴趣，吃完早饭后开车去了那里。70 多公里的路走了一个多小时，花了 10 元停车费，也就待了 5 分钟。河沟对面竖着一座白皑皑的大冰坨，冰坨的顶部还有水管往外喷水。原来这冰瀑就是用自来水浇出来的，利用了山势，从河面到山腰，有那么几十米，阳光下亮闪闪的晃眼，倒也有几分气势。只不过孤零零的不成景致，看过一会儿也就够了。这让我想起那年冬天在九寨沟，冰瀑冻得大气磅礴、晶莹剔透、千姿百态，不由得感叹大自然的鬼斧神工。

回家打开电视，正好赶上播《中国味道》。我在屏幕里一本正经地推荐了《红楼梦》中的一道菜品“鸡髓笋”。

这道菜出自《红楼梦》第七十五回 “开夜宴异兆发悲

音 赏中秋新词得佳谶”。“……鸳鸯又指那几样菜道：‘这两样看不出是什么东西来，大老爷送来的。这一碗是鸡髓笋，是外头老爷送上来的。’”选手夏天真的就敲骨吸髓取了鸡骨髓来做这道菜，并在制作中加进了自己的理解。

红楼菜大多是曹雪芹根据小说的需要，自己写出来的，实际上有没有这样的菜或者是不是按照作者写的那样做，都是不确定的。当代人做红楼菜，大多也是按照自己的理解，利用现在的烹饪手段和技巧，做的是当代的红楼菜、自己的红楼菜，成菜和小说《红楼梦》只是名字的关系，实质上的联系已经不重要了。扬城一味的陈万庆先生曾经带领团队制作过“红楼宴”，他和我说，《红楼梦》中“茄鲞”这道菜很有名，但是如果按照曹雪芹描述的做法，根本做不出来，他们只能根据食材的特性加以改变，最终做出口味上乘的“茄鲞”来。

当代人谁也没有经历过曹雪芹的时代，曹雪芹笔下的菜品该是个什么样子、什么味道谁也不知道，只要做出来好吃，能和《红楼梦》搭上边，就可以算是红楼菜了。这里面有两个关键点：一是《红楼梦》里找得到出处，不能生编硬造。二是做出来的菜好吃，符合当代人的口味习惯。个人觉得，符合这两点，就是可以传承下去的红楼菜。要是不好吃的话，还是别做了，做了也是在毁《红楼梦》呢！

试想一下，如果做出一道特难吃的菜还要和《红楼梦》搭上关系，不是给《红楼梦》添堵吗?

针对《中国味道》中的这道鸡髓笋，可以像夏天师傅这样做，简单的竹笋做出复杂的味道，让素雅的清鲜裹上油脂的滋润。于我来讲，更喜欢用江南寻常油焖笋的做法处理它。因为天目山的竹笋中就有一种叫鸡髓笋，清甜脆嫩，油焖也好，鸡汤氽也罢，都能吃到它最原本的鲜味，这也是竹笋料理的最佳方式。敲骨吸髓过于繁复，有了鸡汤，鸡骨髓的作用只是炫技，于味道的帮助已经不大了。

晚饭五点半吃的，稍稍早了一点，因为中午没吃饭，下午饿得早了。也不想做什么，用排骨汤煮了酸菜和山药粉皮，蒸了上海美女 Kino 做的八宝饭。

汤水酸鲜滋润，粉皮筋滑细韧，比起平常用的红薯粉条，口感、颜色都要好上一些。酸酸的汤水很是开胃，Kino 的八宝饭甘甜油润，香香甜甜的很顺口。一个开胃一个好吃，结果就吃多了。这段时间以来，一直对晚餐的食量有所控制，能少吃一口就尽量少吃一口，可是今晚的这种家常滋味实在太诱人了，就忘记了控制。一边吃着香甜的八宝饭，一边想着 Kino 的美丽，这八宝饭就有点停不下来的意思了……

去《天天饮食》做几个菜

刘志林老师是我佩服、敬仰的饮食文化学者。大学毕业后，他甘于寂寞，从事饮食文化词典编辑工作 22 年，这项工作至今还没有完成，因此词典面世还遥遥无期，个中原因令人唏嘘。曾经和刘志林老师聊过几次。有一次刘老师针对屏幕上那些教做菜的节目说了一些自己的看法，大致意思是，厨师把做菜当作一件很神圣的事情，不仅是一份工作，同时也包含着对手艺的尊重，对原材料的尊重，对传承的敬畏。教别人做菜，不是手艺好就可以的，厨师本人对这个菜不仅要知其然，还要知其所以然，这样才能把菜做好，才能把节目做好。古人说“腹有诗书气自华”，移用到教做菜的嘉宾身上也是这个道理。

不是随便一个厨师就能够在电视上教别人做菜的，更不是什么人都能在演播室的灶台前随便比画的。刘老师说得很认真，我听得很严肃。我听明白了刘老师话里的所指与意思，按照刘老师的教导，我把那些在电视上教人做菜的厨师非厨师、这姐那姨的那些大师或者达人分成两部分，一种是真有料做得好、也讲得好的；一种则是在电视里混个脸熟，弄点家长里短、没讲究没技法的东西就可以拿走劳务费刷出存在感的。所以我一般不看教做菜的节目，我生怕看到我不喜欢的那种，破坏了心里对厨师的尊敬，对美食的向往。

上一段话说得有些满了，接下来的话就不太好说了，因为在央视综合频道也就是 CCTV-1 的名牌栏目《天天饮食》节目里，有我在那里做菜的画面。连续五天在屏幕里做五个菜。我不敢说教别人做菜，只是把自己在家里常给家人做的菜在电视里又比画了一遍。

之所以上电视做菜，主要是去供大家娱乐，做菜倒是第二位的。平时《天天饮食》的嘉宾主要是名厨，偶尔会有几个明星，这些都是有观众缘或粉丝基数巨大的一类人，他们的出现，既可以教一些菜，又可以保持一定的收视率，这也成为节目的常态。导演想寻求一些变化，于是就想找一个纸上谈兵的美食评论人来节目试试，看看那些平日里对美食夸夸其谈的人，在灶台前会是一个什么样子。做得好自然大家好；镜头面前糗了，正好可以戳穿其所谓“美食家”的画皮，让大家娱乐一下，还可以提高观众的自信心。既然是这样，他们只好找自己的朋友来做“小白鼠”了。于我来讲，既能在央视曝光提升存在感，又有让大家娱乐的可能，我不下如此可爱的“地狱”又让谁下呢？于是有了这五期我在电视里做菜的节目。

还没有上小学前，我就开始在灶台前忙活了，最早是蒸馒头，后来学会了包子、饼、饺子等主食的制作。最难的是兑碱，用面肥把面发起来后，要加一些碱水中和酸味，碱兑好了，馒头才白、才暄腾，才会好吃，否则就是一个酸酸硬硬的面团，涩涩的难以下咽。小学五年级的时候学会了熬菜，后来从大白菜、土豆丝、萝卜丝开始，慢慢学会了炒菜。到了初中二年级，大致可以做一些带肉的菜肴了，也知道了要想肉嫩需要用淀粉；要想肉入味，需要用酱油、料酒等腌一下；炖肉炖排骨要飞水去沫，等等。一边实际操作，一边看书、向人学习。到了高中的时候，竟然敢大着胆子操持家里的年夜饭了。一阵忙乱之后，倒也能蒸炸煎炒地做出一桌子菜肴。做菜于我来讲，一是喜欢，一是迫不得已。家里大人不在家，只能自己做给我和弟弟吃了，要想做得可口一点，就要经常做、认真学。我始终感谢成长时期那段在厨房里的经历，不仅让我掌握了简单的生存技巧，也培养了我对食物的兴趣，为我后来从事和饮食有关的工作打下了基础。

活到今天，从事饮食评论十几年了，在家里做饭的机会越来越少，倒是走南闯北东奔西突见过吃过不少各地的风味菜肴。随着年龄的增长、阅历的丰富，对饮食的认识与理解也有了深刻的变化。过去几十年中国人吃饭主要是为了活着，是为了生存下去；这二十年来，中国人吃饭慢慢地有了欣赏品鉴的意味，外出吃饭有了更多的意义，吃饭于国人的意义也从活着上升到生活。这种变化让我对饮食历史、烹饪技艺的理解上升到存在的层面，因而有了一点哲学的内涵。《舌尖上的中国》总导演陈晓卿老师有一次调侃我说，现在要解决的事情是吃什么、和谁吃、到哪儿吃，这也正是哲学所要探讨的世界本源问题的物质外化。饭局、吃饭如此紧密地和哲学联系在一起，陈晓卿老师居功至伟！

有一颗对食物敬畏的心，有一种敢于牺牲自己娱乐大众的精神，我毅然决然地走进了电视，走进了《天天饮食》的演播室。

菜系的形成

过秦岭经汉中，车队在新蜀道上飞驰，李白曾经慨叹的“黄鹤之飞尚不得过，猿猱欲度愁攀援”的蜀道，如今已经成为通衢大道。不到八个小时，我们从黄土高原的西安出发，穿越秦岭，来到了四川盆地边缘的广元市。车队决定在此休息调整，安排好酒店放下行李，几个人出去吃晚饭。

出酒店不远有家大院子川菜馆，要了店家推荐的香菇烧土鸡和回锅肉、炝炒通心菜、土酸菜粉丝汤，没想到不经意走进的小餐馆却让我们吃得满心欢喜。每个菜都很好吃，就着两碗米饭吃光了所有菜肴，心满意足地回去睡觉了。同行的朋友说，这家餐馆的回锅肉做得比北京任何一家川菜馆都要好吃，香菇烧土鸡也是非常美味，人均 40 多元的消费，吃得很是开心，价钱不贵却让他领会到了川菜的魅力。

味多、味厚、味美、味浓，这是川菜的显著特点，有着“一菜一格、百菜百味”的美誉。一路从黑龙江省黑河市过来，所经过地区的饮食烹饪水准，基本上都处于有待开发提高的阶段，即使是西安这样的城市，饮食水准与川菜地区相比，也相对简单了一些。因此广元的这顿晚餐虽然简单，虽然出品和成都、峨眉这些川菜发达地区有着差距，但是味道的丰富性还是满足了这一段时间来行色匆匆、嘴里都淡得没味的我们。

广元位于秦岭以南、四川盆地的北端，在饮食风味上属川菜一系。四川盆地大概有 26 万多平方公里，南到云南的昭通，东到重庆周边，西托青藏高原、横断山脉，盆地四周都是高山，形成一个相对封闭的区域环境。盆地内气候温暖，降水丰沛，河流众多，地势平缓，物产丰富，商业发达，自古就有“天府之国”的美誉。辣椒输入以后，被川人运用到烹饪之中，形成了今天人们喜欢的味道多变、以麻辣扬名的系列川味菜肴。

关于饮食风味的趋同性，先人孟子有句名言：“口之于味，有同嗜焉”，说的是人们的口味习惯有一致性。但是实践中我们知道，不同地方因为物产、习俗的不同，饮食风格有着很大的差异。过去对不同地方口味习惯性地总结为“南甜北咸东辣西酸”，说的就是不同地区人们口味上的差别以及相对范围内人们口味的趋同性，这种趋同性在四川盆地表现得尤为明显。孟子之言是对人们饮食习惯高度概括的哲学总结，具体到各地区人们的饮食风格，还是要具体情况具体分析的。这好比对于世界，中国菜统一叫作中餐，回到中餐本身，会有各个菜系、各种风味之分。正是由于不同地区饮食风味的差异性和趋同性，才有了菜系存在的可能。

菜系的形成与建立需要一定的条件，首先要有具有本地区烹饪特点的系列名菜，宴席菜、家常菜、小吃等丰富多彩，相辅相成；其次，要有一批（几代）擅长烹饪地区特色菜肴的名厨，创造出可以传世的名菜；再次，这些名菜必须有文人、美食家的品鉴、评论和推广；再有，该地区有交通便利、商业发达的都市，以保证原材料的来源和酒楼饭庄的市场需求，而且商贸的发达也有利于饮食风格的推广与宣传。四川盆地具备了这些因素，川菜系也就在此形成了。

天府之国物产丰饶，可供烹饪的原材料众多，有特色的调料、辅料（成都的二金条辣椒、汉寿的花椒、中江的酱油、保宁的醋、郫县的豆瓣酱、宜宾的芽菜、新繁的泡菜、永川的豆豉、自贡的井盐，等等）保证菜品的地方风味特色；历史上名厨辈出，黄敬临、关正兴、蓝光鉴、罗国荣等名厨借鉴南北、融汇东西，创制了不少川味名菜；成都作为西南最大的城市，也是西南的政治经济文化中心，商旅发达，酒楼茶肆林立，文人官员会集，造就了一批美食家和推广者。得此天时、地利、人和诸般因素，现在人们熟知的川菜系在清末民初就初步形成了。

餐饮还是要走出去

在锡林浩特遇见了西贝，大概是老天对我的眷顾。这次旅行线路设计是沿着胡焕庸线贯穿中国，从黑龙江黑河开始驾车到云南腾冲，从东北到华北、过西北，最后到达西南边陲，全程大概有五千多公里。这一段旅程中有不同的地形、地貌、气候、风物要去体验、探寻。作为一个偏重于饮食方面的参与者，我对不同地区的特色饮食更加关注。

在我的饮食经验中，从黑河到张家口的饮食风格虽然有些差别，但总体上还是相同的：色重、味重、肉食多、蔬菜少，这样的特点大致可以延伸到此条线路上的西安市。从西安南下过了秦岭，饮食风格便有了很大的变化。秦岭—淮河一线是中国南北方的分界线，也是 800 毫米等降水量的分界线。不同的气候环境和降水量造成了秦岭南北饮食风格明显的差异性，这种变化与差异在黑河到张家口这一段路程中很难体会到。

到张家口时，我们已经过了黑河、五大连池、齐齐哈尔、白城、东乌旗、乌兰浩特、锡林浩特，其中在黑河、齐齐哈尔、白城、东乌旗做了停留。因为拍摄和赶路，没有认真地吃几顿饭，但还是能够感觉到几个城市的饮食特色。除了第一天晚上在黑河我自作主张吃了一次江鱼之外，其余几次饭食都只是凑合，只是为了填饱肚子，根本谈不到享受。这其中存在着菜品制作粗糙、调味失当、盐大色重等败笔。这是可以理解的。农耕文明和游牧文明的分界线两侧历来就是饮食文化欠发达区域，虽然有不少好的原材料，但由于做法粗粝，食材的美妙之处并没有展示出来。这让我对这次美食发现之旅的前半程有些失望。

按照计划，我们要赶到张家口休息。因为拍摄耽误了时间，午饭不得不在旅途中解决。出了高速公路，到了锡林浩特。手机搜了一下，这里居然有一家西贝。坐下点菜，看到熟悉的菜单就感觉这顿饭能够吃得舒服一些了。菜陆续上来，大家吃得很开心。这算是真正的一餐饭，味道好，咸淡适中，调味也很得当，环境和服务也是此行到目前为止最让人舒服的。虽然“眼大肚子小”地多要了两个菜，但大家还是努力吃完了。张鸣老师吃得极为开心，连称这是他几天来吃得最好吃的一顿饭。

锡林浩特是典型的草原城市，饮食风格和内蒙古大部分地区类似，但是由于西贝的出现，我们在粗犷饮食的包围中找到了细腻精致的食物表达方式。西贝餐饮以西北风味、粗粮菜肴打响名头。这家发源于内蒙古的餐馆，到了北京后有了快速发展，把门店开到了上海、杭州、广州、深圳等城市；在扩大经营规模的同时，菜品质量上也很下功夫；在做好西北菜的基础上，吸收其他地区的经典菜肴，丰富菜单。走出内蒙古让西贝餐饮迈上新的台阶，不仅提高了厨师水平、丰富了菜品，回过头来也反哺家乡。西贝将先进的烹调理念和菜品呈现方式带到饮食水平相对落后的家乡，既给当地人带来了新鲜美味，又为当地饮食文化带来刺激与提升。

由于历史原因和经济发展水平的差异，饮食文化、烹调水平存在地区差异性，走出去吸收先进的文化技术，补充、丰富、改造自身，是提升烹饪水平最为有效的路径。锡林浩特西贝餐饮的精致与美味就是最有力的例证。

地方风味走出去

车过秦岭，草木丰茂挤满山坡，清新翠绿，与岭北黄土高原植被稀疏、黄土裸露的地表状况完全不同。秦岭往东沿淮河直到海滨画一条线，就是中国南北的分界线了。人们习惯里总是把长江当作中国南北方的分界线，大概是受了“划江而治”的观念影响。殊不知，将秦岭到淮河一线作为中国南北分界线，是因为这条线是中国冬季气温 0℃的分界线，也是年降水量 800 毫米的分界线。分界线以南是亚热带气候，分界线以北则是暖温带气候，因为气候的不同，秦岭南北的土壤、植被有着很大的差异，这些因素造就了分界线南北耕作方式的不同，饮食习惯的不同。黄仁宇在《中国大历史》中说，中国文化受地理因素影响的因果关系极深，农作物受东亚大陆的土壤和气候影响的时候，中国文化的因素就开始与当地居民结下不解之缘。因为降水量和气温的不同，秦岭以北基本上旱作，秦岭以南基本是水田，形成了南米北面的饮食风格；在交通方式上则呈现为南船北马。现在看来南方的生存条件比北方好上一些，经济发展也比北方要好上一些。但在农耕文化的早期，北方黄土的细密疏松更适合当时简陋的农耕工具，华夏文明也就在北方尤其是黄河流域一带生发、成长、壮大，成为华夏文明的骨架。南方文化是在东晋南迁以后，特别是南宋朝廷偏安杭州后，才大量进入的，这和农耕方式的发展以及气候地理因素有着直接的关系。

汽车在隧道里穿行，明暗随时转换，眼睛有些累了，随即闭眼假寐。西安到成都的高速公路修通后，来往两地不过 7 个小时，穿越秦岭不过是 2 个小时的时间，速度比以往翻越秦岭快了很多。可是沿途的风景也少了很多，再也无法体会诗人李白在《蜀道难》中描绘的那种意境了。过往旅行中曾经几次翻越秦岭，记忆最深的是在秦岭上的一个小火车站停留的时候，对面山间铁路上，一列火车前面有车头牵引，后面有两个车头推着，缓慢地向上爬行。翻越秦岭的铁道落差很大，其中有两个直线距离只有 6 公里的车站，高度竟相差 1000 多米，铁路只好在山间盘旋 27 公里，才能达到火车能够前行的坡度。如果不在意缓慢的车速，倒是可以尽情欣赏秦岭的景色。有一段铁路傍着嘉陵江，一边山花烂漫开满山坡，一边江水清澈慢慢流淌，江山美景，尽收眼底。

工业化社会的创造能力，让过去难于上青天的蜀道变成可以快速行进的坦途。社会发展了，交通进步了，人员的往来迁徙、物资的运输交易方便了许多。地方风味餐厅走出本地，四处落地开花就是社会发展、交通便捷的结果。改革开放之前，北京的餐厅大多数是旧日餐厅的留存，以山东风味的馆子居多，地方风味餐馆寥寥可数。川味的有峨眉酒家、四川饭店、力力餐厅，湖南的有马凯餐厅、曲园酒楼，江南风格略多一些，不过也只有玉华台、同春园等。现在川味、湘味餐厅开遍京城，江南风味随处可见，即使是再小的地方风味餐厅，也能在北京找到。

地方风味走出发源地在外埠发展，可以看作是社会发展在餐饮行业里的反映。从农耕社会进入工业化社会，大量劳动力从乡村走进城市，从边远地区、不发达地区进入沿海地区和大型都市，人口的大量拥入带来了饮食口味的需求，风味餐厅就此应运而生。想当年，广州川菜馆数量仅次于粤菜餐馆，湘菜更是在深圳红火到今天，进而北上京沪的。形成这种现象的原因，就是因为这两个城市里四川、湖南的打工者多，在饮食口味上有着强烈的需求。

风味餐馆为了保持地方味道，原材料的供应是个非常重要的问题。过去由于交通不便，能够长途运输贩卖的只能是一些干货、咸货，生鲜之物只能是本地消费，难得运往外埠，这也是过往风味餐馆难以开在外埠的重要原因之一。如果有很多基础食材、很多本地风味代表性食材缺失，菜品被食客诟病也就在所难免了。现在不同了，任何当季的原材料都可以快速安全地运达目的地。北京某云南菜酒楼就有这样的口号：在北京的夕阳里品尝带着香格里拉晨露的松茸。也就是说从云南香格里拉采摘松茸到北京客人吃进嘴里，不超过 18 个小时。这比以往只能是走官道换江船再走运河到北京的速度不知快上了多少！松茸的运输不仅时间缩短了，急冻保鲜技术的应用还可以在最大程度上保持原材料的水分和营养，保证几千公里之外的客人得到的口感和香气与原产地几乎相同。交通发展了，现代物流业的建立，使时间这个生鲜货品运输的最大障碍被克服了，无论身在何方，你喜欢的地方风味都能抚慰你那个思乡的胃了。

接地气不是饮食的全部

朋友发了条微博，说在扬州吃了顿不错的饭，餐厅开在风景区里，窗外绿草茵茵，湖水涟涟；菜品也很不错，没有鲍鱼、鱼翅等名贵食材，用的多是扬州当地时令果蔬和物产，一桌宴席体现了淮扬菜选材讲究、刀功精湛、火候适当、滋味醇和等特点，人均大致在 300 元左右。

有人看到人均 300 元的价格，就说这是官膳，不是升斗小民所能消费的。这样的说法在我看来多少有些简单粗暴，从消费额度判断是否为官膳，确实有些武断了。

在我看来，官膳的定义不是价格决定的，而是花谁的钱决定的。如果是花自己的钱，价格无论高低，都不能成为官膳的。从另外一个角度——菜品内容来说，就更没有什么官民之分了。都是扬州街面上经常见到的东西：猪蹄、干丝、老鹅、茭白、鱼头、竹笋、萝卜、豆腐等，厨师功力深厚，把寻常食材做出了诱人的味道，这是功夫的力量也是手艺的价值所在。一个厨师从学徒到独当一面，没有多年的勤学苦练是不能想象的，十几年专注灶台那点事，手法、技巧肯定要比家庭主妇好上许多。一个好的酒楼不仅是环境好、服务好，菜品好更是重中之重。而菜品质量的决定权就在那些好的厨师手里，这也是酒楼的出品不同于家庭菜肴的原因。

社会发展到今天，人类除了语言差别、人种差别以外，受教育程度不同、收入不同、从事的工作不同，形成了不同的消费行为、习惯和层次。现实生活中，有用十几元吃饱的需求，也有花更多的钱吃好的需求。无论哪一种都是正常且正确的需求，需要有不同的消费场所满足这样的需求，这也是社会上不同消费水准的餐厅酒楼存在的根本理由。我们不能想象餐饮市场上只有家常菜馆没有风味菜馆、只有低消费的街边排档没有楼堂馆舍的金碧辉煌。

谈论中华饮食文化的时候，我们总能听到“博大精深”“丰富多彩”之类的溢美之词。诚然，中国幅员辽阔，物产不同，风俗不同，造就了众多地方风味，比较著名的就是所谓的八大菜系了。如果对菜系构成有一些了解，不难知道形成菜系的基本条件就是要有经典名菜、特色小吃和宴席佳肴。我们继承传统不仅仅是要传承那些走街串巷的民间小吃，还要有那些被人们认可的、被历史典籍记载的宴席菜肴和经典名菜。如果只是按照所谓接地气的标准来继承，怕是要舍弃很多传统菜的精华，人为地割裂文化的传承。

更不能想象的是，如果一个国家的饮食只有“接地气”的菜品，所谓饮食文化的繁荣与发达又如何能够实现？对于饮食行业的发展，是否应该把眼界放宽一些，看到饮食文化的丰富性、包容性、阶层性呢？能不能不站在所谓的道德制高点上用“接地气、亲民”的标准来判断饮食行业的千姿百态呢？

扬州是著名的旅游城市，也是八大菜系中淮扬菜的发源地，饮食文化极其发达。早在唐朝，诗人们就在慨叹扬州的“诗文之盛、娇娥之多、饮馔之精、歌吹之美”，近代虽然没落了，但是“扬州三把刀”的名声还是传遍大江南北。近年来，扬州发展迅速，城市建设和古城保护都取得了不错的成绩，每年都有大量的游客在瘦西湖、个园、何园、东关街驻留游逛。作为传统文化名城，扬州有必要也应该拿出自己最美妙的一面展示给游客，这其中美食分享是不可或缺的。

美食纪录片《舌尖上的中国》的播出，带出了一股前所未有的美食旅游热潮，片子中涉及的一些地方，成为好吃之人趋之若鹜的旅行目的地。在片子第一季、第二季中都有不少篇幅介绍的扬州，更是好食者向往的地方了。不说旅游者的消费能力如何，就扬州本身来说，就有必要把自己的美好最大限度地展示出来，让前往者体会扬州城的无限魅力。美食、美景、人文底蕴的结合，才是一个城市综合实力的完美展现，而仅有“接地气”的一般消费是难以做到这一点的。

私房菜？私家菜？

私房菜还是私家菜，这两个概念有时候好像是一个意思，可是在不同的语境里表达的完全是两回事。当然，粤方言的流行让“菜”有了不同的含义，在食色当先的中国饮食文化中，菜可以下饭，也可以取乐，某位大佬一声“这是我的菜”，你知道他说的是菜还是人？

私家菜或者是私房菜，究本穷源，它不是普通话的概念。社会财富积累到一定程度，对私人财富的重视成为人们最为关心的事情，外化到餐饮消费层面，便出现了许多私家菜馆或是私房菜馆了。

但是街面上出现的那些挂着私家名义的餐馆，在我看来大多数是伪私家菜，私家在这里只是一种营销手段，和私家、私房没什么关系。如果硬要扯上关系也不是不可能，那只是大大降低了私家概念的档次、无限外延的私家概念。自己家里常吃的妈妈菜、外婆菜都拿出来当作私家菜了，特色倒是还算有些特色（自家的菜当然鲜为人知了），水平和档次都是可以忽略不计的。这样的东西叫私家不能算错，但在我看来也许叫作“自家”更合适一些。

曾经和沈宏非先生聊过这方面的话题，记得沈宏非先生当时对私家菜的定义是：没执照、有家传。所谓私家，就是家里人吃的，或是在家里招待朋友吃的，没有商业目的的吃食，不是外面餐馆酒楼里的，这是不需要营业执照的。魏文帝曹丕对于穿衣吃饭曾有过精辟的论述，他在《诏群臣》中说：“三世长者知被服，五世长者知饮食。此言被服饮食，非长者不别也。”家族三代连续为官，大概能明白穿衣服的道理，五代连续做官才知道美食的含义，家传的作用在这里很是明显。宋代以前，厨师还没有成为一个行业，厨师多是家厨，身份是家奴，地位低且缺乏流动性，依附在官宦人家才能生存，因此有名的菜肴大致都是私家厨房里出现的，几代传承下来，才有锦衣玉食的私家专享，这是私房菜传家的力量。近代以降，几个著名的私房菜如北京的谭家菜、广州的江家菜、湖南的祖庵菜，都是以主人的姓氏名号作为标识，强调的无非是自家和家传。

在我看来，所谓私家菜、私房菜，应该具备如下特点：

讲究的原料，精湛的工艺，经典的菜式，有来历的出身，具备了这几点，才配得起私家菜的称呼。当年在大陆比较有名的私家菜：北京的谭家菜（晚清翰林广东人谭宗浚家南北融合菜式）、广州的江太史家菜（江孔殷，晚清翰林，英美烟草华南总代理）、湖南的谭家菜（谭延闿，曾任南京国民政府主席）等，无不具备这样的特点。北京谭家菜的黄焖鱼翅、江太史家的太史五蛇羹、湖南谭家菜的祖庵鱼翅，不仅当年享有赫赫威名，而且对后来菜式的演变发展也有巨大影响，在饮食文化史上留有重要的位置。这样的辉煌又怎是那些胖妈肥姐式的家常菜肴可以比拟的呢？

私房菜有别于餐厅酒楼的菜肴是其显著特点，但是这种区别不是往下走的简单化、家常化，一定是往上走、往高走的精品化、细致化，食材的精选、工艺的讲究、厚重的传承、中正的味道才是我心目中的私房菜、私家菜。然而这样的出品现在已经很难见到了。

做什么样的“小而美”

到了宁波，感冒严重了。但在宁波餐饮业与烹饪协会主办、宁波小而美餐饮分会承办的“餐饮品牌创新与定位高峰论坛”流程上还有我的一个发言。努力调匀呼吸上去说了 15 分钟，讲了一些对当前餐饮业发展变化的看法，很凌乱，更谈不到什么系统，有感冒的原因，更多的是对当前经济形势和餐饮业发展缺乏研究，因此也就说不出什么。平时关注的多是菜品的味道和饮食背后的故事，对于经济发展、社会趋势缺乏细致的跟踪，原本没有想到论坛会给我这样一个题目，临时拿到只好赶鸭子上架，效果不好就是情理之中的事情了。

下来后，朋友说我很不在状态，声音小得后排怕是都听不清楚。说来真是惭愧，愧对宁波朋友们的热情了。对餐饮市场，我有的只是一些零星的观点，没有完整的看法，这几年参加了一些电视台的美食节目，攒下了一点虚名，但是虚名在这种要求观点明确、逻辑清晰的论坛上没有丝毫作用。这次活动让我清醒认识到了自己的短板，希望能在今后的学习过程中逐渐弥补。

不过针对“小而美”这个话题，我在三年前就提出了类似的概念。八项规定的严格执行，让那些高大上专做公款生意的餐饮企业逐渐衰落，慢慢在市场上消失，大而全的餐厅经营模式已经逐渐被餐饮从业者放弃。在我看来，今后餐饮市场上可能会有以下几种类型的餐厅：时尚流行型餐厅，主要以新颖别致的就餐形式吸引年轻的群体，例如小猪猪、水货等；满足人们一般吃饭需求的大中型餐厅，风味有特点，价格适中，一般人家的聚餐和朋友间的聚会大都会去这样的餐厅，眉州东坡酒楼、顺风 123 大致属于这种餐厅；还有就是一些特色主题餐厅，用某种具有特殊属性的内容，利用某些特定兴趣点吸引相对固定的消费阶层，80 后主题餐厅、老故事餐吧可谓代表；再有的就是小而美的餐厅了，面积不大，菜品美味，环境雅致，服务周到的餐厅。

八项规定在某些方面让“吃饭”回到吃饭的本来意义上，那种面积不大，人员简单，专注于菜品味道、服务质量的餐厅会逐渐出现，这样的餐厅有些类似于国外的米其林星级餐厅，食物的好味道是第一位的。我的概念里，小是面积不大，美是菜品优质。服务对象也是一定的专属人群，而不是普罗大众。这样的小而美餐厅和宁波论坛中讨论的小而美还不太一样。宁波论坛讨论的虽然也是面积小、菜品好，但是要求的却是迅速扩张，工业化标准化生产，成为连锁经营的餐厅。这样的餐厅对于饱腹来讲是可以的，但如果按照美食的要求，我认为是很难达到要求的。当前，小餐厅管理成本、能耗成本都降低不少，餐厅利用率却提高许多，这样的优势当然会引起餐厅经营者的关注。但我更关注的是“美”的方面，也就是菜品一定要好吃，餐厅要提供让消费者满意的产品，否则也只能是小，很难说美了。食物上升到美食层面，果腹仅仅是其最低层面，更多的是要通过品尝食物，给消费者带来精神上的愉悦，满足客人审美的需求。

说到底，美食是文化人对食物审视品尝之后愉悦体验的总结，不再是吃饭果腹那么直接简单粗暴了。可是就目前中国人对食物的挑剔程度，标准化、工业化生产的菜品又有多少能让消费者满意呢？小而美，不管是哪种，都还是任重道远，摸索前行呀！

练好内功再申遗
——对中餐申遗的一点议论

食物对中国人有着超凡的凝聚力。在中国的社会政治生活中，食物有着举足轻重的位置，其生产、储备、运输和分配，从来都是历代统治者的头等大事。饮食行为不仅和社会和谐相关联，更是国家是否安定的首要因素。早期的统治者和智者还从饮食烹饪理论中寻求施政治国的统治经验，根据社会饮食活动制定出相应的政治伦理秩序，将饮食、酒宴等作为政治手段笼络官员、安抚百姓等，这一切构成其有效的统治手段。

《礼记·礼运》中说："夫礼之初，始诸饮食。"可见作为礼仪之邦的中国礼乐，最早起源于人们对饮食的规范。《礼记·礼运》又说："饮食男女，人之大欲存焉；

死亡贫苦，人之大恶存焉……美恶皆在其心，不见其色也。欲一以穷之，舍礼何以哉？”因为食物的短缺和人类占有食物的排他性，必须要有一定的规则来约束人们的饮食行为，要自尊并尊重他人，并把这一礼俗引申到社会生活和统治理论中，用以维护社会秩序上的人伦和谐。而古代的“五礼”（吉礼、凶礼、宾礼、君礼、嘉礼）都和饮宴相关，这些礼仪活动使得人与人之间、群体与群体之间有可能在一种“上下有礼”的特定氛围中，产生出一种类似于“五味调和”的“至臻大化”，统治者因而可以通过食礼和食制的规范，在从乡里宗族到公堂国家的一整套社会政治架构中实现凝聚。这样从国家管理到道德文化层面对饮食的重视，造就了中国饮食文化的博大精深。中国幅员辽阔、生态气候复杂多样，物产丰富——四季时鲜多种多样，河海湖鲜层出不穷——这样得天独厚的外部条件，使得中国饮食在食材选择上的精益求精成为了可能，并据此发展出各具地域特色的烹饪技术和菜肴流派，包括鲁、川、粤、浙、苏、闽、湘、徽八大菜系、以清真菜为代表的少数民族菜系，以及宫廷菜、素食和其他地方风味，为我们留下了丰富的饮食文化遗产，成为中餐申遗取之不尽的宝库，并至今影响着我们的日常生活。

遗产的丰富性为中餐申遗提供了无限的可能，但是也带来了难以选择的难题。这两年参加了几次和中餐申遗有关的活动，一次在八达岭长城脚下，一次是在淮扬菜的发祥地扬州，行业协会和各地厨师精英汇聚一堂，为中餐申遗造势。每次活动都是气氛热烈，豪情冲天，参与者的脸上洋溢着兴奋与激动，大致都想通过中餐申遗这条路径，真正地让中餐走向世界，实现中餐的国际化。作为参与者之一，我支持中餐走向世界，支持中餐申遗，让博大精深的中华饮食文化在世界餐饮之林赢得本该拥有的名誉。但是，高涨的热情不一定就能带来我们想要的结果，中餐申遗是一件严谨的、科学的工作，需要做的事情有很多，修炼好内功是做好这件事的前提。

申遗到底是为了什么？不能因为韩国、日本的饮食项目申遗了，我们就必须申遗。饮食通过一日三餐的教化，把中国人的物质生活和文化精神聚在了一处。中国饮食文化必须要重视“传承”，既包括对味道、技艺等可见的传承，又有对厨德、厨风以及烹饪规律等不可见的继承，保留中国文化的精髓，是中餐创新和发展的根基。某种食物中所蕴含的中国文化因素通过申遗推广，让其在国际范围内具备一定的影响力，这样对于中华文化的传播，远比孔子学院有效得多。

目前，在世界非物质文化遗产名录中和饮食有关的遗产是法式大餐、地中海饮食、土耳其传统美食、墨西哥传统饮食、韩国越冬泡菜和日本料理和食六项，每一个入选的饮食类项目都不仅仅是单纯的食物，背后都有着特色明显的民族文化与传统风俗的内容。而目前中国非物质文化遗产名录中所收录的和饮食有关的遗产项目，多数是和技艺有关。例如：Ⅷ－165 同盛祥牛羊肉泡馍制作技艺、Ⅷ－166 火腿制作技艺、Ⅷ－167 烤鸭技艺、Ⅷ－168 牛羊肉烹制技艺、Ⅷ－169 天福号酱肘子制作技艺、Ⅷ－171 都一处烧卖制作技艺、Ⅷ－172 聚春园佛跳墙制作技艺等，这和法式大餐、韩国越冬泡菜、日本料理和食所强调的生活方式有着很大的不同。某种饮食方式列入世界非物质文化遗产名录，所要彰显的不是单纯的技术或手艺，而是一种文化。在这一点上，作为生活方式的非物质文化遗产对人类文化的影响以及传播力要远远大过一种特殊的、在世界范围内属于少数人掌握的、非通用的、与日常生活不是密切相关的技能，即使这种技能再炫再酷，它也只是一种能力，无法深入文化的领域，尤其是在这项技能拥有者的文化实力还不足以强大到影响社会发展进程的时候。

对于物质的自然遗产、文化遗产以及非物质的文化遗产的认定，国际上通行的做法是把相关的国际条约和本国的法律指导的政府作为相结合，我国也是如此。由于遗产的丰富性、复杂性、专业性，找不到全能的专家对每一项遗产进行认定，因此就需要各行各业的专家学者、能工巧匠进行审查、认定，最后由主管部门批准，从而进入国家级名录。我国已经公布的三批非物质文化遗产代表作名录，大体也是这样的。但是饮食类的非物质文化遗产的认定目前来看存在着不少问题。

中餐申遗对于传统文化的保护、传承、弘扬有着显而易见的好处，这也是中国文化走向世界、让世界认识中国的一条有效的路径。但是要走出去，必须先修好内功，把自己的事情整明白了，才能真正做到中国味道的国际化表达。

对潮汕菜的一点看法

早春时节，北京还没有春绿，清晨出门感到深深的寒意，这时的南粤汕头大致已是暮春时节了。天气预报说，汕头的气温在19℃，已经是树木葱茏，鲜花盛开了。自然，海鲜也在这季节肥美地上市了。去潮汕地区，如果不去潮州看古城、大厝、广济桥而只在汕头徜徉的话，主题自然是潮州美食和各种海鲜了。

介绍粤菜的时候都会说粤菜是由广府菜、潮州菜、东江菜构成。广府菜说的是珠江三角洲的广州、佛山以及南海、番禺、顺德一带的风味；东江菜指的是客家菜，因客家人生活区域在东江流域得名；潮州菜是潮汕地区大致包括潮州、汕头、揭阳、汕尾、潮安等地区的风味饮食。粤菜中影响最大的要算广府菜了，这和广州长久以来作为南粤地区的政治经济文化中心有关，也和广州的地理位置以及重要的商业地位有关。粤菜对北方地区的最大影响是让长期吃冻货的北方人有了生猛海鲜的概念。但是作为粤菜核心部分的广府菜并不是以海鲜菜肴见长，而是河鲜、时鲜以及镬气小炒。生猛海鲜是香港粤菜对广府粤菜的辐射，是小弟壮大以后对大哥的反哺。

在粤菜体系中，海鲜菜式做得比较多的是潮州菜。道理也很简单，潮汕地区比广府更靠近大海，海里的鱼虾贝蟹就是潮汕人的日常食物。现今名气很大的冻蟹、鱼饭，究其产生的历史，不过是渔民保存劳动成果的附属品，和内地常见的腊肉、腊鱼等腌腊制品本质上是一回事。只是因为海鲜菜式的流行以及价格的因素，使鱼饭、冻蟹看上去比腊肉、腊鱼名贵了许多。在我看来，它们之间没有高下之分，只是风味不同。地域因素造成了物产不同，形成了不同的地方风味，这也是当年菜系形成的原因之一。

在汕头富苑美食消夜时，长长的展示台上摆满了各种海鲜，在灯光的照射下，格外诱人。可是老板告诉我，他起家的产品是隆江猪手，一种和北方酱肘子类似的酱卤食品。这道隆江猪手现在也是富苑美食的主打菜品，每桌必点，这说明即使在海鲜当道的潮汕地区，肉制品也是很受欢迎的。

早年间，沿海地区海鲜不值钱，猪肉、鸡蛋要比海鲜珍贵很多。有一年在盛产海胆的南澳岛采访，岛上的居民说，以前他们是拿海胆换鸡蛋吃，鸡蛋、猪肉要比海胆金贵！靠海吃海，海鲜就是他们的家常食物，从未觉得有什么金贵的。

回望潮州菜发展的历史轨迹，早年间的潮州菜就是潮州人的日常饮食，用的材料也是就地取材、寻常材料。潮州地少人多，经济发展落后，于是很多潮汕人漂洋过海到海外打拼讨生活。在那些热带国家，潮州人凭借聪明智慧加上肯吃苦的精神，在海外获得成功，成为富甲一方的知名人物。这些人有钱后，饮食上开始讲究起来，家乡菜、潮州菜在他们的推动下有了极大的丰富，知名度也随之大幅提升。

经济精英的行为映射到社会日常生活中，成为很多人效仿追求的范本，潮州菜随着中国香港、东南亚的经济起飞，随着在经济飞速发展大潮中积攒了名声和财富的潮州人的崛起，逐渐成为中式餐饮中最昂贵的地域风味。它虽然隐藏在粤菜菜系之中，但地位俨然已经超越了粤菜，成为餐饮消费中的贵中之贵。这股潮流随着粤菜进入内地，成为内地餐饮消费中的吸金利器。如果抛开那些用鲍参翅肚、名贵海鲜等高档食材制作的潮州菜肴，红极一时的潮州菜其实就是潮汕地区的家常菜肴罢了。

一个菜系的兴盛与流行，从来不可能脱离开它背后的政治经济文化因素。当年徽菜红遍长江中下游，和徽商的经济实力及金融影响力是分不开的，徽商衰落了，徽菜也就在徽州以外的城市慢慢消失了；湘菜之所以能够跻身八大菜系之列，和近代以来湘籍士兵将领在全国四处开花、扎根落地是分不开的。潮州菜，潮汕人喜欢的、习惯的那些菜肴，除了原料新鲜、风味独特、制作讲究、讲求本味之外，和潮汕籍商人的影响力密不可分。这些成功的潮汕籍人士有了讲饮讲食的资本，潮州菜在他们的推动下菜式丰富了，出品也愈发讲究了。这些人的生活方式成为成功人士生活方式的一种范本，他们的家乡菜——潮州菜，也因此成为中国饮食中的佼佼者。

由腊肉想起客家人与潮州人

到汕头，郑宇晖先生请吃饭，一行人去了广海大厦里的东海酒家。汕头的朋友说，这里是汕头潮州菜的顶尖食府，在这里可以吃到正宗的潮州菜。请客的郑宇晖安排了一些传统的潮州菜，虽然没有什么名贵食材，但是各个都有滋有味，大家吃得很是开心。其中有一道百合炒腊肉味道超赞，百合的甜糯与腊肉的醇香有着很好的融合，油脂让百合有了腊香，百合让腊肉加了丝丝甜味，腊肉与百合结合出新的香味，不由得多吃了几口。

边吃边琢磨，潮州菜扬名于外的特色菜肴是那些精致的海鲜菜式，腊肉和百合做菜，我还是第一次在潮州菜中吃到。腊肉多是内陆山民擅长制作的食物，沿海的潮汕地区怎会有此等美味呢？想起 2014 年 11 月曾在张新民老师的引领下，在汕头老城区闲逛了半日。其间，张新民老师和我说起早年间汕头的许多新式建筑都是客家人的产业。

客家人借道汕头出洋，发达后回国，在汕头办了许多新兴企业。那么，潮汕的腊肉是否是客家人带来的呢？问过张新民老师，才知客家人和潮州人在历史上是颇有渊源的。

早年间，客家人和潮州人是没有明显区分的。明朝洪武二年，也就是 1369 年设置潮州府，府治管辖潮州八邑，分别是：海阳县（即潮安县）、潮阳县、揭阳县、澄海县、饶平县、普宁县、惠来县、丰顺县。这其中有现在潮州概念中的潮州属地，也有客家人居住的客家地区，但是在当时都是潮州府的地界。这个时期的潮州是区域概念，其文化属性也属于地域文化，只是后来有人把客家人从潮州人中分出来，把原本在地域文化中的潮州府辖区的人分成了潮州人和客家人，也由此潮州府的地域文化转化为客家和潮州两个族群文化。潮州人、客家人的概念才开始在世上出现并流行开来。

梳理客家人源流，让客家人重新回归到汉民族大家庭的人叫罗香林。罗香林，广东兴宁人，历史学家，客家文化研究开拓者，毕业于清华大学历史系，师从梁启超、王国维等著名学者。其《客家研究导论》《客家源流考》《客家史料汇篇》等开创性著作，为客家研究奠定基础。在此之前，文献中对讲客家话的族群多用“土族”“土人”等带有侮辱性的词语，并且不认为客家人属于汉民族。罗香林在《客家研究导论》中科学地证明了“客家为汉族里头的一个支系”，在族群属性上给了客家人应有的地位。

由于历史的原因，客家人和潮州人在一些地区是混居的，居住在粤东山区的客家人前往海外的路径，一般是通过潮州到汕头然后坐船远洋。汕头开埠后，尤其是民国初年，许多客家人在海外挣钱后回国，首先登陆的地方也是汕头，并在汕头留下了很多建筑。据张新民老师讲，汕头的很多现代建筑都是当年客家人投资建设的。当年还没有明确的客家人概念，即使有人说自己是潮州人，也只是属地、籍贯的概念，和现在所说的属于族群概念的潮州不是一回事。同一辖区内的居民相互间虽然方言不同，但是并不影响两者间饮食的交流，从这个角度看，擅长海鲜菜肴的潮州菜里有这一道内陆色彩的腊肉菜肴也就不奇怪了。客家人大多是从中原地区辗转迁徙到南方的，可以说腊肉这种吃食原本就是客家人的吃食，客家人保留了中原地区的饮食习惯并影响了当地居民，中原内陆地区的腊肉出现在沿海的潮州也就顺理成章了。

张新民老师讲了一个有趣的事情：酿豆腐在潮州菜里原本很是普遍，自从客家人和潮州人分成不同的族群文化后，潮州人就很少再做酿豆腐这个类型的菜肴了。因为大家都说酿豆腐是客家名菜，潮州人索性就不做了。潮州人任性如此，也是醉了。

川菜记忆二十年

1988 年 5 月的一天，一个国政系的师兄请一个中文系的女生在北京颐宾楼吃饭，我作陪。那顿饭花了七块多，我记住了水煮肉片和宫保鸡丁，应该还有其他一两个菜，只是记不起名字了。之所以会记住这顿饭，是因为这是我第一次在正规酒楼里吃真正的川菜，当然，那个中文系系花的美丽更是令人难忘。

即使在改革开放十年之后的 1988 年，北京饮食行业还是鲁菜的天下，除了以前的四川饭店、力力餐厅、峨眉酒家、湘蜀餐厅等老字号外，川菜馆在北京还是比较稀罕的。但是不知什么原因，很快就有很多川菜酒楼出现在北京的大街小巷。

当时比较有名的有中关村的颐宾楼，台基厂的花竹餐厅，六部口的三峡酒楼，陶然亭的泸州大酒楼，以及广渠门外的豆花饭庄等。这些酒楼大多是四川当地企业在开放搞活政策的鼓励下，走出盆地办企业的结果。这些酒楼带来了与北京老字号川菜馆不一样味道的川菜，价格也便宜了一些，很快就赢得了消费者的青睐，家家都有不错的生意。

也是在这个时期，我知道了鱼香肉丝、宫保鸡丁、水煮牛肉、回锅肉、蚂蚁上树、豆瓣鱼等滋味浓郁、好吃不贵的川菜。这些特色鲜明、味道强烈的川菜菜式，构成了我在 20 世纪 90 年代初期的美食记忆。

正是因为这些开胃爽口、美味价廉的川菜，我的体重在三年的时间里从 54 千克增加到 78 千克，我也从一个瘦子变成了一个胖子。那时候吃饭经常是点一个肉菜配两碗米饭，然后愉快地吃干净。伴随着我体重的增加，川菜也在北京普及开来，成为新北京基础饮食的一部分，最明显的标志就是鱼香肉丝、宫保鸡丁、回锅肉等经典川菜成为北京家常菜馆里的基本菜式了。

1995 年前后，中国经济进入快速发展期，社会餐饮伴随着社会发展进入了腾飞时期，风味酒楼越来越多，餐饮业态异常丰富。在各种风味酒楼中，川菜系始终拥有着较多的门店，并占有重要的位置，以其独特的风味和亲民的价格赢得了不小的市场份额。

1996 年，一家来自宋代大文豪、美食家苏东坡家乡眉州的川菜餐厅——眉州东坡酒楼悄悄地在中日友好医院边上开业了，并由此打造出北京川菜历史的一个奇迹（此是后话）。

再过几年，改革开放的风起云涌带来了餐饮业的潮起潮落，一些曾经有名的川菜酒楼因为这样那样的原因，慢慢地没了音信，曾经沉寂一时的川菜老字号慢慢恢复了元气，挺起了腰杆；一些有文化底蕴且锐意创新的川菜酒楼受益于餐饮业飞速发展的大潮，逐渐壮大，成为京城餐饮业的翘楚。

如果我们把那些改革开放后陆续在北京出现的、根子在四川的川菜酒楼与北京先前就已存在的川菜老字号的出品做比较，大致可以把这两类酒楼的川菜叫作川川菜和京川菜。

川川菜的菜式里民间川菜多一些，麻辣重口味的菜品比较多，这与 1949 年以后国家提倡的消费观念有关，食材普通化，口味平民化，传统高档川菜中的摆席面的菜肴基本见不到，有着很高的亲民性；北京老字号川菜酒楼的菜式虽然和川川菜是一个祖宗，但是经过在北京几十年的发展，出品精致一些，口味也不像四川当地那么重了。这与他们的服务对象有关。新中国初期很多川籍将帅都曾光顾峨眉酒家，四川饭店是北京市政府和四川省政府合作开设的，第一任经理是由当时的四川省政府副秘书长担任的。服务对象决定了餐厅出品的标准，虽然也是做川菜，却与四川当地的川菜走了不同的路径。

1991 年的 2 月 11 日是个星期一，那一天是农历腊月二十七。晚上下班，办公室几个同事决定聚一聚，辞旧迎新。几个人赶到永安里一家叫云水间的川菜馆时，却吃了闭门羹。餐厅贴出的告示说，厨师、服务员都回家过年了，正月十五以后才回来。二十多年后的今天，人们再也不会有这样的尴尬了，不管是春节还是其他假期，总有很多餐厅酒楼的大门为您敞开着。

嗯，这一切，仅仅是二十余年的变迁。

鱼香肉丝的味道

与卖酱油兼送旧庄蚝油和 XO 酱的烹饪大师杨春晖先生聊天，听他讲四处推销酱油的各种趣事和行业艰辛，生动有趣的故事每每都被我听成了励志讲座，激动处，犹如被洗脑一般，瞬间立志要做一个会炒菜的推销员。兴许在不远的将来，我也能有一个大师的称号，哪怕是朋友间玩笑的谐谑。

这些年来，我没有做过正经的营生，因此不会是什么总，有时候到电视台做节目，搞得主持人很不好叫我。董师傅？我不是，我没有任何技艺技术傍身，因此师傅的称呼不太合适；董老师？我倒是愿意听，可是上级有规定，非教育部门的从业人员不能称老师；直呼其名在中国礼俗中显得生疏也不礼貌，最后只能用先生称呼我了。

我做的是和人们一日三餐有关的事情，和人们日常生活密切相关的吃喝之事，节目里先生一叫，一种疏离感油然而生，接地气中有了几分“装”的味道，这是我、也是主持人都不愿意看到的，可是没有办法，只能靠彼此间的熟悉来弥补了。要是像杨春晖那样是个“有着烹饪大师称号的推销员”，或许就没有这些烦恼了。

扯远了，拉回来说点正经事。有一次聊天时，杨春晖聊到他几次入川，想吃一次鱼香肉丝，去了很多餐馆找了不少厨师，但是每次吃到的都和他记忆中鱼香肉丝的味道不一样，不是他喜欢的熟悉的那个鱼香肉丝。杨春晖曾经在北京前门饭店工作过，当时厨房里有几位川菜老师傅，其中一位就是已过世的国宝级川菜泰斗庹代良先生。庹老先生 1956 年响应“全国支援北京”的号召，从重庆来到北京前门饭店做厨师长，先后参与多次重大的国宴级的活动，赢得了各方的赞赏。杨春晖吃的第一口鱼香肉丝就是庹老先生做的，这个起点实在是太高了，由此让我觉得他后来吃的味道不对是可以理解的。庹老先生 1923 年生人，15 岁就站在灶台前炒菜了，因为个子矮够不到炒锅，特地做了个凳子垫在脚下。到杨春晖和庹老先生成为同事时，已经是 20 世纪 80 年代的事情了，鱼香肉丝这道川菜的基本菜肴，庹老先生不知道炒过多少回了，第一口就吃到大师巅峰时期的作品，杨春晖自然看不上后来那些餐馆的出品了。不过好的鱼香肉丝应该是什么味道，这个问题也成了我心中的一个块垒，多次入川探访四川美食，总是想弄明白这个问题。

2015年3月，在成都巴蜀味苑吃饭，几道传统川菜把同行的朋友吃美了，便请出餐馆的老板兼总厨李师傅，感谢他让我们吃到了久违的川菜美味。李师傅是川菜大师史正良先生的弟子，一直坚持着川菜的传统，不过在李师傅这里也没有吃到鱼香肉丝，问过才知道他也不做这道菜了。李师傅说，做鱼香肉丝，最重要的是泡菜要好，现在腌制泡菜为了提高产量、缩短时间，就会使用一些添加剂，让泡菜产生长期泡制后才有的味道。但是这种味道很肤浅，只是表面上那一层，炒菜时味道是不够的。没有那种自然发酵的泡菜，就不可能做出好吃的鱼香肉丝，于是他索性也不做了。听到李师傅这段话，不免暗自叹息。

回京后和诗人、美食家二毛聊起四川美食，二毛给我讲了他小时候曾经吃过的一种辣椒和鲫鱼一起泡制的泡菜，酸辣鲜爽之外，有着浓浓的鱼鲜滋味，可惜现在已经见不到了。当时就想这种泡菜是不是就是炒制鱼香肉丝的必备之料呢？恍惚记得车辐先生曾经说过，四川新繁（今属新都县）的泡菜，坛子要选内江隆昌下河的坛子，盐要用自贡的井盐，香料有八角、草果、山柰、花胡椒、香菌等，辣椒要选“双流县牧马山王家场一带上等好品种的二荆条，它辣不及自贡新店子的，但其香味特别，用它炒鱼香味的菜，分外喷香，引人食欲……用二荆条和鲫鱼同泡于菜坛内，保鲜持久，质地脆健，咸香味微带酸，余味回甜”。

这种泡菜的味道不正是鱼香肉丝所该有的么？按照车辐先生的说法，有了这种鱼香泡海椒，“在马路边、幺店子的小馆子中，也可吃到很嬲味的鱼香味道”。看到这里，我终于明白为什么现在找不到好吃的鱼香肉丝了。必备的原材料缺失了，还怎么可能有原本的味道呢？旺盛的餐饮需求、无止境的赚钱欲望让一些工业化生产的、添加剂造出的肤浅味道渗入原材料生产过程中，它不再传统也就谈不到深厚，可是我们真的要眼看着它们把传统菜的精妙之处慢慢蚕食殆尽么？

无语，也无能为力。

早餐记忆

记得上小学时，有时母亲忙得没有时间为我们准备早饭，就会给一点钱让我们出去吃。出去吃，就是在胡同口的小饭铺买个油饼或者火烧，豆浆我是不会买的，小时候不知道为什么那么性急，根本没有耐心等豆浆凉下来，于是油饼和火烧就是早餐的基本内容。那时候，买油饼不仅需要花钱，还要有粮票。一个油饼 6 分钱，一两粮票，没有粮票需加二分钱，也就是说一斤粮票值两毛钱；一个火烧也是 6 分钱，但是需要二两粮票，大概火烧用的面粉多。肚子里缺油水的我们是不敢买两个油饼吃的，一般是买一个火烧一个油饼，把油饼夹在火烧里吃掉，这样早餐就算吃了三两粮食，大致可以保证一上午肚子不饿。如果是吃两个油饼，上午第四节课的时候会饿，饿得是那样急迫并难以忍耐。小时候外出吃早点的机会并不多，以至油饼夹在热火烧里的香味至今难忘。我清楚地记得这样的画面：

一个冬天的早晨，包裹严实的我匆匆走向胡同口的小饭铺，掀开高台阶上小饭铺厚重的棉门帘时，扑面而来的是夹杂着炸油饼香味的热浪。这种和味道有关的记忆清晰完整地留存着，直到今天。后来经济条件好了，早餐的内容也有了一些变化，可以就着羊汤吃烧饼了，烧饼外表酥脆焦香，内里绵软暄腾，咬一口连带着熟芝麻的油脂香气，温馨、饱满、家常；汤里有肠、肚、心、肺、肝，用芝麻酱调味，加香菜末调色增香，喝一口热乎乎暖洋洋，滋润、舒服、妥帖，一碗羊杂汤两个小烧饼，成为冬天暖心暖胃的可心早餐。

20 世纪 90 年代初，我在广州工作了几年，每到周末都会被当地的同事叫去饮茶。开始的时候不知道广州当地饮茶的概念就是吃早餐，心里还在纳闷：没吃东西就去喝茶，不怕低血糖么？去了之后才知道，饮茶，茶只是点缀，更丰富的内容是那些好吃的粤式茶点。从那时起，我喜欢上了虾饺、肠粉、叉烧包、糯米鸡、凤爪、豉汁排骨等粤式点心。为了找到好吃的肠粉，当时的女朋友现在的妻子一早就带我从东到西穿越广州，去了广州的老城区西关，买了小票坐在塑料小板凳上，看着店家为新出笼的肠粉调味。雪白的肠粉筋滑绵韧，包裹着嫩绿的菜心和弹嫩的虾仁，点上几滴豉油，咸香鲜美，心里一下子就亮了。

北方早餐相对来说简单了一些，而且北京的早点铺制作普遍粗糙，种类不多，大多是做好了放在那里，客人要的时候再加热；相对于南方早餐品种的丰富与精致，北方的早餐基本上不值得一提。当然一个地方一个口味，北京人喜欢焦圈咸菜豆汁，但是我更喜欢三丁包子、豆腐脑、烫干丝、扬州酱菜组合成的扬州早点。扬州是个有着丰富休闲文化传统的城市，扬州人讲究早上皮包水，也就是喝茶吃早餐。早餐的享受也有相当内容的，除了喝茶吃点心，讲究一些的还要烫一壶老酒，加几个小菜。趣园茶社是家新近恢复的老字号，开在瘦西湖风景区里，窗外树木葱茏，湖水荡漾，景色极是美妙。茶社的五丁包子（有鸡肉丁、海参丁、笋丁、虾仁、肉丁）、蟹黄汤包、饺面、烧卖、蒸饺等，都给我留下了深刻的印象。

杭州的早餐也是我喜欢的，当地早餐很丰富，面条、包子、豇豆粿、馄饨、油条等，五花八门，有不少人捧场。我对杭州的面条情有独钟。杭州的面条好吃，据说是因为宋朝南迁时把中原地区的面条吃法带到了杭州。杭州地处杭嘉湖平原地区，物产丰饶，四季分明，水网发达，河鲜众多，这些地域特点在杭州的面条浇头上是有所反映的。江南之鲜在面条南下的演进过程中，逐渐代替了北方面条比较单一的重口味吃法，成为有地方特色的，呈现江鲜、河鲜、湖鲜和四季之鲜的南方面条。

在杭州吃面条，无论如何是不能错过片儿川的。片儿川也许是杭州面条的首本名面，100 多年前由杭州著名的面馆奎元馆首创，日后逐渐风靡杭州城。笋片、瘦肉丝用猪油烧、酱油煸，然后加入雪菜碎和水一起煮成浇头。面条煮好后放入浇头中再煮一下，调味后才成。面滑汤浓，肉片鲜嫩，笋片爽口，雪菜增香提味，面条至此，别无他求了。虾爆鳝面则是一种比较高级的面条，可以过桥吃，就是浇头单独放在一个盘子里，也可以把浇头放到面里一起吃。杭州的朋友说，关键在于选料、制作上的精益求精。爆鳝片一定用菜油，炒虾仁要用猪油，面条要点几滴香油增香；同时黄鳝是吐尽泥沙才宰杀的，鱼肉炒菜，鱼骨熬汤；虾仁是现剥的河虾仁，鲜活弹牙；面粉用无锡产的头号面粉，面条人工擀制，碱性适中。完成了这几道工序，才成就了虾爆鳝的美味。

野味还是不吃好

中午和一个老朋友一起吃饭，我们认识了十几年，这几年各自忙着自己的事情，见面的机会也不多，如果不是平时在朋友圈里唱和一下，估计快要相忘于创业的大潮中了。老朋友的朋友是我的粉丝，通过他送了一瓶药酒给我，很是感谢粉丝的厚意，于是有了这顿饭。

饭很好吃，虽然好友洛扬和被家乡山东聊城誉为“民族英雄”的大厨王昌荣都没在，餐厅还是安排了几个我平时喜欢的菜式。看了一眼菜单，取消了甲鱼羹和另外一个肥厚的菜式，保留了年糕烧江昂、慈姑红烧肉、清炒河虾仁、咸肉炒水芹等菜式，顺带要了一个白菜豆腐汤。这些菜都是淮扬府的经典菜式，厨师做过许多次，大概闭着眼睛也能烧出不错的味道，所谓熟能生巧就是这个道理。果然，朋友吃得很开心。我最近在控制饮食，争取瘦下几斤，好把几年前比较喜欢的衣服再穿几次，看到朋友吃得开心，索性把我那份慈姑红烧肉也给了他。我相信他的食量，因为有一次他在我家吃饭，我买了两斤猪肉做的红烧肉，居然被他一个人吃光了。事情虽然过去了六七年，吃不了两斤还吃不了两块么？果然，朋友毫不犹豫地吃完了，赞叹之余竟还有点意犹未尽的感觉！

由此想到吃野味的话题。曾经多次有过品尝野味或是一些少见的动物菜肴的机会，但是大多被我拒绝了。环境保护意识是一个方面，珍惜我们身边的一草一木，以及那些和我们共同享受自然恩赐的动植物，是一个现代人最基本的行为守则。这是对自己的要求，也是造福子孙后代的积德行为。即使从饮食健康、菜品味道来说，吃一些常见的、厨师经常接触的原材料制作的菜肴，其味道享受和食品安全性也要稳妥许多。野生动物身上的病菌、病毒的不确定性是对人类健康潜在的威胁，处理不好有可能给我们带来意想不到的灾害，这样的例子在历史上比比皆是。再有就和上面说过的熟能生巧有关了。鸡、鸭、鱼、肉这些食材厨师常见常做，如何祛臊解腻，如何做出好味道，基本操作规范厨师已经了然于心，只要不是有意往难吃了做，基本都还是不错的。但是，对于绝大部分厨师来讲，平时接触野味的机会很少，因此对原材料的了解不多、理解不深刻、不深入是必然的，试做的机会少，做出美味佳肴的可能性自然也就低了很多。

野生动物的生存环境要比驯养的家畜、家禽恶劣许多，为了生存，他们有一套自己的觅食、躲避侵害的本领，无论是奔跑还是飞翔的能力，都要比驯养的家畜、家禽强上许多，这就让野生动物的肌理纤维比驯养动物的紧实、粗糙。可是我们知道，肉类食物不是越瘦越好吃，就像我们吃牛排时喜欢选择布满大理石花纹的部位一样，那些白色的像大理石一样的花纹其实就是动物的油脂，有了丰富的油脂，煎出来的牛排才会香气宜人。如果肉质的紧实度超过了我们平时习惯的程度又缺少油脂滋润的话，做出来的菜品是很难让人们喜欢的。野味菜式大致就可以归结到这一类。所以对于吃野味来说，怀着一种极其期待的心情花了大价钱去品尝，得到的结果很有可能是大失所望，真心不如去熟悉的餐馆吃熟悉的厨师做的熟悉的菜肴。

您说，是不是这个道理？

参加 La Liste
全球最佳餐厅榜单发布有感

北京时间 2015 年 12 月 18 日凌晨 3 点，巴黎时间 12 月 17 日 20 点，“全球千家最佳餐厅排行榜”在法国外交部礼宾大礼堂揭晓，瑞士“市政餐厅（Restaurant De L’Hôtel De Ville)”当选最优餐厅,北京香港马会会所(The Capital）获得“最优餐厅装潢”单项奖。在 1000 家最优餐厅总榜上，中国有 69 家餐厅上榜，位列第四。作为中国大陆餐厅推选人、最终榜单 16 人评审团成员之一，我在现场见证了这份榜单发布的全过程。

不同于《米其林餐厅指南》的公司行为与英国《Restaurant》杂志“全球 50 佳餐厅榜单”的民间动作，La Liste“全球千家最佳餐厅排行榜”是由法国外交部旅

游委员会发起的，法国外交部长因赴纽约参加联合国紧急会议未能出席，录制了视频表示祝贺。法国旅游署署长菲利普·法赫（Philippe Faure）先生全程参与了入围餐厅评选过程，主持了榜单发布会。建立一个全球餐厅排行榜，菲利普·法赫给出的解释是："目前世界上很多领域都有世界排名，比如网球 ATP 榜单，汽车、电影、音乐等都有世界级别的榜单，唯独没有美食方面的世界榜单。《米其林红色指南》也只是一个区域性的指南，因此有必要由法国这样一个美食大国来做这件事。"

为此 La Liste 搜集了 200 多份国际指南和网站上 4000 多家餐厅的评分，借鉴的都是各国的重要美食评分系统，包括米其林星级指南多个国别版、法国叉子网（La Fourchette)、Gault-Millau 多个国别版、英国 Taste of Ulster、美国 Dirona、日本 Gurunavi 等。La Liste 的评分标准除了菜品之外，还包括葡萄酒单、服务和管理。网上评分信息占最后总分数的 25%。

中国工作组的三位提名人何农、谢玲和我，综合既有评价与业内外口碑及试菜了解，提供了中国大陆 104 家中餐厅的备选名单。我们提名的，是在中国美食传统保留方面有所作为的餐厅，比如符合"不时不食"的哲学，注意在中国味道的表达方式上兼顾传统和国际化表达的理念。

主办方邀请了 200 位主厨从几项内容维度上进行了评分。最终中国大陆入选的 42 家餐厅以中餐为主，也包括一些西餐厅。

全球千家最佳餐厅 Top10 榜单：

1. Restaurant De L’Hôtel De Ville，瑞士
2. Per Se，美国
3. Kyo Aji，日本
4. Guy Savoy，法国
5. Schauenstein，瑞士
6. El Celler De Can Roca，西班牙
7. Kyubey，日本
8. Maison Troisgros，法国
9. L’Auberge Du Vieux Puits，法国
10. Joël Robuchon，日本

中国大陆入选餐厅及排名：

1. 香港马会京华阁，42 名（北京）
2. 淮扬府，45 名（北京）
3. 湖滨 28，52 名（杭州）

4. 福 1015 ， 71 名（上海）

5. 西郊 5 号， 81 名（上海）

6. 云门锦翠，96 名（成都）

7. 炳胜公馆，106 名（广州）

8. 桂花楼，122 名（上海）

9. 钱湖渔港，178 名（宁波）

10. 老洋房花园酒店，183 名（上海）

11. 御宝轩，191 名（成都）

12. 花家怡园， 192 名（北京）

13. 海天阁，203 名（北京）

14. 羲和雅居，204 名（北京）

15. 悦园中餐厅，205 名（天津）

16. 味庄，218 名（杭州）

17. 夏宫，300 名（北京）

18. 江 – 由辉师傅，301 名（广州）

19. 惠公馆，313 名（上海）

20. 四季御庭，314 名（成都）

21. 惠食家，343 名（广州）

22. 官也街澳门火锅，412 名（北京）

23. 新大陆中国厨房，418 名（上海）

24. 龙井草堂，422 名（杭州）

25. 上海滩，481 名（上海）

26. 大董工体店，508 名（北京）

27. 长安壹号，530 名（北京）
28. 京兆尹，572 名（北京）
29. Ultraviolet（紫外光），589 名（上海）
30. 雍福会，616 名（上海）
31.1949 全鸭季，769 名（北京）
32. 雍颐庭，817 名（上海）
33. 玉餐厅，818 名（北京）
34. Mr &Mrs Bund（外滩夫妇），864 名（上海）
35. TRB 古寺餐厅，889 名（北京）
36. 福和慧，938 名（上海）
37. 金沙厅，941 名（杭州）
38. 解香楼，942 名（杭州）
39. 江南灶，943 名（南京）
40. 扬州迎宾馆，944 名（扬州）
41. 名荟锦庐，945 名（成都）
42. 天极品越华店，946 名（广州）

作为推选人和评委之一，看到最终结果先是欣喜，也有些失望。欣喜在于全球美食排行榜上终于有了中国大陆餐厅的地位，虽然我们的名次还不够靠前，但这毕竟是中国大陆餐厅第一次在欧洲人主办的美食榜单上有了一席之地，这是中国餐饮走向世界、开始国际化进程的一个重要标志。对中国餐饮来说，进入榜单有如中国当年加入世界贸易组织一样，进入了这个圈子，就可以在相同规则下进行平等的交流与对话了。

虽然La Liste榜单的主办方一再撇清榜单的政府背景，但毕竟是法国外交部发起、由法国旅游署主办的一份榜单，政府背景不言而喻。美食外交是法国外交政策中重要的一部分，法国外交部2016年的一个主要任务就是在全球推广法国美食，法式大餐也进入了联合国非物质文化遗产名录。自己玩不如大家一起玩，独乐乐不如众乐乐，只有扩大范围，才能获得更多的支持，才能建立榜单的权威性，这样的目的在榜单筹办、发布过程中处处体现，但无论如何，中国大陆餐饮由此第一次进入了欧洲主流评价体系。我觉得有多少家餐厅入围、名次如何不重要，重要的是西方开始关注中国。此次中国有60多家餐厅上榜，6家进入前一百名，可以算是中国美食走向世界的一个里程碑，提高了中餐在世界美食界的地位，可以让中国味道更广泛、更快地进入国际社会。我们希望外国人了解到的中餐不是波兰人炒的鱼香肉丝，也不是玻利维亚人做的宫保鸡丁，而是真正的中国味道，真正为世界人民喜欢的中国味道。

欣喜之余还是有些失望的。我喜欢的餐厅、而且是中国大陆经营比较好的、菜品质量出色的餐厅排名靠后或者没能入选。虽然在最终的评审晚餐会上我几乎与主办方吵起来，还是未能如愿。主办方通过翻译对我说：“不要过分为某个餐厅争论，这会让其他评委怀疑这中间有没有利益输送。”我在评审讨论会上指出，针对中国餐厅，应该有一种不同于西方餐厅的评价标准，才能真正反映中国餐厅的实力。但是一个榜单又不能有两个评判标准，这个问题应该在下一次评选过程中给予足够的重视。在评选中，目前仍存在着一些标准的偏差。比如酒单是重要的评分标准，但西方人的酒单是葡萄酒酒单，中国餐厅在这方面仍然存在差距。所以中餐厅没有取得很好的成绩，这也是可以理解的。

这个榜单的出炉，很大程度上是法国人要夺回在美食上的话语权。法国外交部旅游顾问 Florian Escudie 说：“国际排名并不是公平、公开透明的，我们发现他们喜欢降低法国美食的存在感。”主管旅游推广的外交部官员 Philippe Faure（他也是出版《La Liste》的“五大洲餐桌协会”的负责人）则认为：“现在的全球美食排名正在丧失客观性。”这些话多少流露出法国人对目前其他餐厅榜单评选的不满。

2015 年 La Liste 榜单列出的 1000 家最佳餐厅里，只有 3 个国家的餐厅数量超过 100 家：日本餐厅的数量最多，126 家；法国餐厅的数量名列第二，118 家；美国餐厅也达到 101 家。中国入围餐厅总数排名第四，共有 69 家进入名单，随后是西班牙、德国和意大利。通过和评审团的对话及侧面了解，对于这样的结果也就释然了。主办方最高领导做过驻日本大使，而具体操办人则有一位日本太太，情感因素为日本加了不少分，同时也和日本大力推广自己的饮食文化相关。要知道，和食文化也是联合国非物质文化遗产之一啊。

无论如何，无论中国大陆餐厅在榜单上的位置怎样，重要的是西方开始关注中华美食，中华美食第一次堂而皇之地登上了国际舞台。

（作者注：La Liste 完整榜单可以在 laliste.com 网站上查阅）

说说年度美食人物榜

今天忙活了一天的复制粘贴，再加一点排版和修改，把一大口美食榜做的《2016 年年度中国美食人物》榜单上的一些人物照片和评语转发到朋友圈和微博上。极其简单的操作，但也花了不少时间，可是我乐此不疲地做着。作为一个乐趣和赚取生活费用都与餐饮、美食密切相关的人，对这样的事情一定要大力推广。榜单上的人物我大概认识 80%，不认识的也都知道他们的大名，何况有一些还是我提名的，更是要大力宣传推广了。

正如榜单发布者写的那样：春节即将到来，2016 年这一年来美食行业发生了很多事情，有些你知道，有些你不知道，但是它们都在影响我们的餐桌，我们的饮食习惯，更新我们的味觉审美。一大口希望制作这样一个榜单，来记录 2016 年有名无名的餐桌英雄…… 尽自己的一点努力让知道这个榜单的人更多，也许就能更多地帮助到人们吃好喝好、健康快乐。于人于己都是百利无一害的事情，没有理由不去做的。

无论从哪个维度来谈论《2016 年年度中国美食人物》榜单，都不可否认，这个榜单的发布，有了把美食从饮食行业层面引入社会文化、社会潮流层面探索的可能。美食，从来不是就事论事，从来不是只关乎饭菜饮食，从来都涵盖着社会生活、社会文化，对美食的追求，是精致生活方式的体现之一，实在是和文化素养、审美能力密不可分。把非专业厨师、非饮食行业从业者引进这个榜单，根本上说是文化人类学要求的。当今社会，局限在饮食行业讨论美食，在我看来是一种眼界狭窄的典型行为。榜单上这些人实实在在地在给我们提供着美妙的味觉享受，在一定程度上、某些特定的范围内影响着我们的饮食习惯，更新着我们的味觉审美。吃饭已经从生存地必须地形而下地活着，上升到领略味觉喜悦、精神愉悦地形而上地存在（生活）。这是我们生活内在质量的一个飞跃，是从必然王国向自由王国大跨步的前行。这才是《2016 年年度中国美食人物》榜单的意义所在。

好了，关于榜单就说到这里吧。贴几个榜单人物：

《中国味道》制片人冷燕，新荣记掌门人张勇，外婆家掌柜吴国平，扬州大学旅游烹饪学院周晓燕，李锦记全国厨务经理杨春晖，印巷小馆尹彪，演员谢霆锋……

今天还有一件值得开心的事情。去年我写了两本书，都是青岛出版社出版的，一本是我的饮食文化随笔《食趣儿》，另一本是我和何农先生、谢玲女士合作的、根据法国 La Liste 世界千家杰出餐厅中国大陆入选餐厅名单撰写的《La Liste 中国杰出餐厅指南》。

今天，我的责编告诉我，她负责的这两本书在青岛出版社内部优秀图书评选中都获奖了。对于中国大陆美食书籍出版第一大社的青岛出版社来说，每年出版的图书几百上千，二十个获奖名额中有两个和我有关，还是值得为自己高兴一下的。